薬草園で喫茶店を開きます！

登場人物紹介

アオローラ

ユウナの
守護妖精。

ヴィリバルト

ユウナを拾った、甘い雰囲気の美青年。
王都出身の貴族だが、とある理由から
レンドラーク領で生活している。
異世界からやって来たユウナのことを
気にかけている。

ユウナ（伊藤《いとう》優奈《ゆうな》）

女神に導かれ、ウィリティス国に
異世界トリップした菓子職人。
恩人であるシュトラエルと自分の夢を
叶えるために、レンドラーク領で
喫茶店「猫耳亭《ねこみみてい》」を引き継ごうと
奮闘する。

謎の青年
ユウナのお菓子作りの才能に
目をつけた貴族。
何かを企んでいるようだが……？
マリアベリー
ウィリティス国の公爵夫人。
病弱で、儚《はかな》げな雰囲気の美女。
トマス
シュトラエルの孫。
家族と離れて暮らす祖母を
心配し、迎えに来た。
意地っ張りな性格だが、
根は優しい。
シュトラエル
レンドラーク領の薬草園で暮らす、
猫獣人《ねこじゅうじん》のおばあさん。
夫の死後、一人で喫茶店を
切り盛りしていたが、
体力の限界を感じて店をたたむ。

プロローグ　『猫耳亭《ねこみみてい》』へようこそ！

レンドラーク領の片隅には、美しい薬草園がある。

まず、北側にあるのは、『薬草畑』。ラベンダー、セージ、バジル、レモンバーム、カモミール、ローズマリー、ゼラニウムなどが生《お》い茂っていた。これらを使い、薬草茶などを作る。

西側には『漢方畑』があり、生えているのはアワ、ケイヒ、シャクヤク、サンシン、オウレンなど。これらは煎《せん》じて薬を作る材料にするのだ。

東側には年に二回、美しい花を咲かせる薔薇園《ばらえん》があり、南側には、茅葺《かやぶ》き屋根に白い壁をした、可愛らしい家が建っている。その中の一室は、喫茶店となっているのだ。これら全てを総称して、『薬草園』と呼ぶ。

店の出入り口は家の玄関。屋根から吊るされた『猫耳亭』という木の看板が、風でキイ、キイと音を鳴らしながら揺れていた。

店内はチョコレート色の四人がけの円卓が三つ、カウンター席が五つというこぢんまりとしたお店。その全ての座席が埋まり、今日も猫耳亭は満員御礼《まんいんおんれい》であった。

家事を終えてやってきた主婦二人が、注文をする。

「すみませ〜ん、フワフワパンケーキと薬草茶二つ！」

「は〜い」

店の奥から出て来たのは、茶色の髪を三つ編みにして、後頭部で纏《まと》めた女性だ。メイド服を纏《まと》っており、年頃は二十歳前後。名を、ユウナ・イトウという。彼女は一年前に、ここレンドラーク領へやって来た女性だった。

「こんにちは、ドレーク夫人にマノン夫人」

「ユウナ、今日も忙しそうだねえ」

「ごめんね、大変な時に」

「いえいえ、嬉しいです！」

この辺りでは珍しい黒目を持つユウナは、持ち前の明るくはきはきした性格で、村人達にもすぐに受け入れられた。

「シュトラエルのお婆さんも、嬉しそうで」

「元気になって、本当に良かったわ」

しみじみ話しながら、主婦達はレジのほうを見る。そこには、猫獣人《ねこじゅうじん》の老婆《ろうば》が座っており、訪れる客を笑顔で迎えていた。

ここ猫耳亭は、シュトラエルという奥方が店主を務める喫茶店なのだ。五年前に一度閉店したが、ユウナがやって来たのをきっかけに、再び開店する運びとなった。

「私も、こんな素敵な場所でお店を開けるなんて、夢のようで――」

と、ここでユウナは我に返った。

「あっと、すみません。それで、薬草茶ですが、今日はどのような調合になさいますか？」

この店では、客の体調に合わせたブレンドティーを出しているのだ。庭にある薬草畑から摘《つ》んだばかりの、フレッシュハーブティーが自慢である。

「私は腸の調子が良くなくて。あと、夜も眠れないんだよ」

「でしたら、胃腸の調子を整えるレモンバームと、不眠症に良いラベンダーをブレンドして作りますね」

「私は最近、朝が辛いんだ」

「わかりました。血行を良くするローズマリーを使ったお茶を作ります。少々お待ちくださいませ」

ユウナはぺこりと頭を下げ、厨房《ちゅうぼう》のほうへと歩いていく。

『ユウナ、パンケーキ、焼けたよぉ〜』

パタパタと飛んでくる、モフモフの白い小鳥。名前はアオローラ。シマエナガによく似ているが、ただの鳥ではなく、ユウナと契約を結ぶ妖精である。

「ありがとう、アオローラ！」

かまどの中で、フワフワパンケーキが焼き上がったようだった。

ユウナは手袋を装着してかまどの蓋《ふた》を開け、船を漕《こ》ぐオールのような道具で、生地を流した型を取り出した。メレンゲを泡立てたパンケーキは、しっかりと膨《ふく》らんでいる。

それを型から外して二段に重ね、四角にカットしたバターを落とし、上からシロップをたっぷりと垂らす。これが、猫耳亭で人気の『フワフワパンケーキ』なのだ。

それから、蒸《む》らしておいた薬草茶を盆に載せ、カウンター席まで運んで行く。

「お待たせしました」

「ありがとう、ユウナ」

にっこりと微笑む男性客は、目を見張るほどの美形だった。

手足はすらりと長く、サラサラとした金の髪に、吸い込まれそうな青い目、目鼻立ちがはっきりしており、鼻筋が通った、正真正銘のイケメンである。

柔らかな容貌の彼は猫耳亭一番の常連で、年はユウナよりも三つ下の二十歳。名前はヴィリバルト。赤い詰襟《つめえり》の上着に、白いズボンを穿《は》いており、ひと目で育ちが良いとわかる外見をしていた。

ユウナはヴィリバルトになぜか気に入られていて、会うたびに口説《くど》かれているのだ。

「ユウナ、今日は何時にお店終わる？」

「さ、さあ、どうかな？」

ユウナは営業スマイルを浮かべたが、ヴィリバルトはそれ以上の甘い笑みを浮かべている。

「今度、星空を見に行こう。ユウナだけに、私が知っている特別な場所を教えてあげるから」

「あ、えっと、機会があったら、ぜひ」

「楽しみにしているね」

大切なものを扱うかのように指先を掬《すく》われ、そっと口付けされる。いったい、いくつ口説《くど》きのパターンを持っているのかと、ユウナは真っ赤になった。

ヴィリバルトは食前の祈りを捧《ささ》げたあと、フワフワパンケーキを口に含んで笑みを浮かべる。

「ユウナ、今日もとってもおいしいね」

この笑顔のために毎日頑張っているのだと微笑ましい気持ちで眺めていたユウナは、突然真顔になったヴィリバルトに話しかけられる。

「……ユウナ」

「はい？」

「何か、悩みがあったら何でも相談してね」

ヴィリバルトはユウナの抱える事情を知っている。実は彼女は、この世界の住人ではない。

ここにやって来て一年。いろいろなことがあった――

第一章　おいでませ、異世界へ！

小さい頃から菓子職人になることがユウナ――伊藤優奈《いとうゆうな》の夢だった。

きっかけは、幼い頃に見た『ねこのお菓子屋さん』という絵本。猫の店主が喫茶店を営《いとな》みながら、作ったお菓子を客に提供する物語である。

――おいしいお菓子を食べれば、誰もが笑顔になる。私はみんなを笑顔にしたい！

そう思って、菓子職人を目指し始めた。高校は調理科に入学し、製菓《せいか》について学べる学科を選んだ。そうしてお菓子作りの基礎を学んだあとは、奨学金制度を使って、海外留学までしたのだ。

ホームステイ先は老夫婦の家だった。可愛らしい赤煉瓦《あかれんが》の家には美しい庭もあり、夫婦は草花の世話をすることを日々の生きがいにしていた。

留学中は言葉、技術など、未熟が原因で様々な壁にぶつかった。落ち込むことも一度や二度ではなかったが、そんな時は決まって、夫人がレモンバームのハーブティーを淹《い》れてくれたのだ。元気になれるお茶だと言って。その姿を見て、ますます自分だけの喫茶店を開き、おいしいお茶とお菓子を提供するんだと、決心を強めた。

帰国後、優奈は外資系ホテルの菓子職人として働くことになった。

新米《しんまい》職人の一日は、材料の仕入れ確認、材料の計量、卵割り、果物のカットなどの作業から始まる。単純作業ではあるが、安定して同じ品質に仕上げるには技術が必要で、慣れてもなかなか難しい。奮闘の日々であった。

辛い下積み生活であったが、将来、誰かを笑顔にするお菓子を作るため、現在の努力がいつか実を結ぶと信じて優奈は頑張り続けた。

働いて一年以上が経《た》つと、ちらほらとコンテストの話も舞い込むようになってくる。職場の誰もが、コンテストでの受賞を目指していた。入賞したらキャリアに箔《はく》が付く上、独立した時にも注目が集まるからだ。

皆が切磋琢磨《せっさたくま》するさまを横目に、優奈はコンテストに挑戦することに対して疑問を持っていた。

――なんでみんな、ギスギスしながらお菓子を焼いているんだろう？

コンテスト用のお菓子作りに励《はげ》む同僚達を見て、嫌気《いやけ》が差す時もあった。

——もっと楽しくお菓子作りをすればいいのに。

そんな思いを先輩に相談すると、優奈の目指す「楽しくお菓子を作って、お客様に提供するお店」なんて、夢物語だとはっきり言われた。

もやもやとした気持ちで働く日々。それでもあっという間に時間は過ぎて、優奈も菓子職人三年目となった。

このまま平凡な毎日を過ごすのだろうと思っているところに、衝撃の事件が発生した。

なんと、ホテルの親会社が倒産したのだ。もちろん、従業員は強制解雇となる。

ホテルの入り口に貼られたビル閉鎖のお知らせを目にした優奈は、くらくらと眩暈《めまい》を覚えながら帰宅した。体が重くて動かない。何とか布団に倒れ込むと、そのまま意識を失った。

◇◇◇

『ユウナ、ユウナ……』

「んん……？」

名前を呼ばれてぱっと瞼《まぶた》を開くと、飛び込んで来た風景は美しい花畑だった。おまけに目の前には、世にも美しい女性の姿。波打つ長い銀色の髪に水色の瞳を持った彼女は、ギリシャ神話の女神が着ているような白いドレスを纏《まと》って優奈を覗《のぞ》き込んでいた。

「え、私――！」

周囲は花畑。目の前には女神のような女性。そこから連想するのは――

「もしかして過労死しちゃった⁉」

実はホテルが倒産する直前、大量解雇があったのだ。削られた人員分の仕事を埋めるため、優奈は日の出前に出勤し、帰宅は日付が変わる頃という無茶な生活を三ヶ月ほど続けていた。

体も精神もボロボロになり、食堂のおばちゃんに病院に行くよう勧められるくらいだった。

優奈はあ～あと思いつつも、どこか諦めたように溜息を吐く。

「……また、養護施設の先生に、迷惑かけちゃうな」

優奈は養護施設で育った孤児だった。身元保証人である所長はいろいろと良くしてくれたが、部屋の解約などで迷惑をかけてしまうことを思うと、申し訳ない気持ちになる。

そんな現実的なことを考えていると、目の前の女性より待ったがかかった。

「待って、待って！　ユウナ、あなたまだ死んでないわ！」

「え？」

「あのね、ちょっと言いにくいんだけど、私、産まれたばかりのあなたを、別の世界へ飛ばしてしまったの」

あまりにも現実離れした話に、優奈は呆然とした。

「あ、ごめんなさい。名乗り遅れたわ。私は機械仕掛けの世界『アース』と、魔法で構成された世界『エクリプセルナル』、二つの世界を守護する女神」

「は、はあ……」

壮大な話について行けず、生返事になる。夢かと思って頬を抓《つね》ってみたが、残念なことに普通に痛かった。

――優奈は地球人ではなく、別の世界の生まれだった？　……簡単に信じられる話ではない。

「ユウナ、大丈夫？」

「あの、すみません。なんか、ちょっと話についていけなくて……」

「ごめんなさい。詳しく説明するわね。二十三年前、あなたはエクリプセルナルで産まれたの。でも、アースに行くべき魂をエクリプセルナルに配置したのではと私が勘違いしてしまって」

女神は白状する。実は、死ぬ予定はないのに過労で死にそうになっていた優奈の魂を発見し、原因を探ったら、過去の自らの手違いに気づいてしまったと。

「……だから、私には両親がいなかったの、でしょうか？」

「ええ、本当に、ごめんなさい……」

言いつつ女神は、肖像画のような画像を空中に映し出した。

「これが、ユウナのお父様。ベルバッハ公ルッツ・ヴェンツェル」

「ベルバッハ公……」

「ウィリティスという国の公爵……国王の弟らしいわ」

茶色の髪に黒い目を持ち、立派な髭《ひげ》を蓄《たくわ》えた、厳格そうな人物であった。彫《ほ》りの深さは西洋人風に見えるが、アジア系も混ざっているのではと思わせる、エキゾチックな外見だ。思わず見入っていると、その横にもう一枚、画像が浮かび上がる。

「公爵夫人、マリアベリー・ヴェンツェル。ユウナは、お母様にそっくりなのね」

「そう、でしょうか」

「そうよ」

マリアベリーは金髪碧眼《へきがん》の美しい人だった。しかし、これが両親だと言われても、何も感じない。

「あのね、それで、ユウナを公爵家に帰そうと思うの」

それはどうなのかと思う。突然帰って来られても、向こうは戸惑うのではと指摘した。

「いいえ、大丈夫。ご両親はあなたのこと、ずっと捜していたみたい」

だから突然帰っても問題ないし、この先苦労することはないだろうと、女神は太鼓判《たいこばん》を押す。

「ご心配ありがとうございます。でもやっぱり、会うのはやめておこうと思います」

優奈の言葉を聞いて、女神は悲しそうな顔をした。

「ユウナ、今まで大変だったのね。本当にごめんなさい」

女神が何もない空間から取り出したのは、優奈のこれからの運命が書かれた本。

「この先、アース――地球にいても、苦労の連続だったみたい」

二十三歳：就職先が倒産。職を失う。

二十五歳：貯《た》めたお金で店を開こうとするが、事故に遭《あ》い、大怪我。

三十二歳：店を開いたが、火事で焼失。

「三十五歳の時には――」

「い、いいえ、もういいです。大丈夫です。よくわかりました」

慌てる優奈に女神は頭を下げ、詫《わ》びた。

「ごめんなさい。悪いと思っているわ。魂がアースに呼応《こおう》しなくて、苦しかったでしょう？」

「それは、どういうことですか？」

「具体的に言葉にするのは難しいんだけど、空気とか思考とか生活のリズムとか、アースの人とエクリプセルナルの人の感覚は違うの。周囲の人達の思考について行けなかったり、こうあるべきだと示された道を息苦しく思ったり」

思い当たる節《ふし》があり、顔を伏せる。周囲の人達と意見が合わなかったり、コンテストにやりがいを感じなかったりしたのは、優奈がエクリプセルナルの魂を持っていたからなのか。

「でも、なんか、びっくりと言いますか……う〜ん」

優奈は続く言葉を探す。あまりにとんでもない事実の連続なので、再度、これは夢なのかと首を傾《かし》げた。というか、夢だと思うほうが受け入れられる。なのでもう、開き直ることにした。夢でも現実でもいいから、この不思議な状況を楽しむことにしよう。

「それでね、お詫《わ》びとして、願いを三つ、叶えようかなって」

「願い、ですか？」

「ええ。例えば――エクリプセルナルで、今世《こんせ》の記憶を持ったまま赤ちゃんからやり直したいとか、すごい魔法を覚えたいとか、国王様と結婚して、王妃様になりたいとか」

優奈はとんでもないと首を横に振る。童話に出てくるお姫様のような暮らしに憧れはある。けれどそれがずっと続くとなると、庶民育ちの自分では疲れてしまいそうだと思った。「じゃあ、何を願うの？」と聞かれて優奈はしばし考える。特に願いなどないとも言ってみたが、そういうわけにもいかないと女神は引いてくれなかった。一生懸命考え、今までの生活に足りなかったものを望んでみることにする。

「でしたら、一つ目は、自然が豊かなところで暮らしたいです」

朝の満員電車、終電への猛ダッシュ、ジリジリに熱くなったアスファルト、その全てから解放されたかった。

「二つ目は、私がそこでお菓子を作れる環境にあること」

優奈の人生と、お菓子作りは切り離すことができない。

「三つ目は、私の力が、誰かの助けになれる場所に、行きたいな、と」

その三つの願いは、優奈にとって贅沢《ぜいたく》で我儘《わがまま》だと思えたけれど、女神には違ったようで――

「え、そんな地味な願いでいいの？　本当に？　すっごい美女になりたいとか、お金持ちになりたいとか、モテモテで困っちゃうとか」

美女になってモテモテ。確かに楽しそうではあるものの、それはそれでやはり疲れそうだと思い、お断りする。

「わかったわ。ユウナの願いを叶えましょう」

女神は優奈の顎《あご》に手を添えて、額《ひたい》に口付けをした。じんわりと、体の中が熱くなる。瞬間、願いを叶えたと、耳元で囁《ささや》かれた。

「……でも、なんだかやっぱり悪い気がするから、おまけを付けるわ」

女神は波打つ髪を一本抜くと、優奈の胸に押し付ける。魔法陣《まほうじん》がふわりと浮かび上がり、光が弾《はじ》けたかと思えばポン！　と音を立てて、それは白い卵へと変化した。優奈は目の前に落ちてきた卵を受け取る。

「わっ、温かい！　女神様、あの、これは？」

「それは、ユウナを導く妖精よ」

一気にひびが入り、卵が割れた。

『ふわ～！』

小さな白い鳥が卵から生まれる。姿形はシマエナガのようで、羽毛はフワフワだった。

目が合い、互いにパチパチと瞬《まばた》きをする。

『初めましてユウナ！』

「あ、どうも」

女神は補足説明をする。

「この子の名前はアオローラ。私の体の一部と、あなたの心から生まれた妖精よ。新しい世界で、道しるべになってくれると思うわ。主な能力は『鑑定《かんてい》』よ」

アオローラは『よろしくね』と言い、小さな翼をはためかせ、優奈の肩に乗る。

「ユウナ！」

女神は最後に、優奈へと問いかける。

「本当に、両親のいる公爵家に行かなくてもいいの？」

優奈は瞼《まぶた》を閉じ、しばし考える。目を開いた瞬間には、心は決まっていた。

「はい、今は大丈夫です。いつかは会ってみたいと思うのですが……」

急に家族がいると言われても、実感が湧かなかった。今女神様と会話しているこの状況ですら、現実であるとは受け入れられない状態なのだ。

しばらくは緑豊かな場所で一人ゆっくり過ごしたいと優奈は望んだ。

「わかったわ。もしも気持ちが変わったら、アオローラに相談してね」

「はい、ありがとうございます」

女神はにっこりと微笑みかけ、手にしていた杖を掲《かか》げる。

「では、ユウナ、ここでお別れね。行ってらっしゃい。気を付けて……」

女神の見送りを受け、優奈はなぜかぽろりと涙を零《こぼ》す。地球への未練はなかったが、どうしてか悲しくなってしまったのだ。目を閉じれば、温かな何かに包まれる。

こうして、優奈は本来いるはずだった『エクリプセルナル』へ落ちて行った。

◇◇◇

さらさらと、頬に優しい何かが触れる。優奈は大きく息を吸い込んだ。芳《かぐわ》しい花の香りに、爽《さわ》やかな新緑の清々《すがすが》しい匂いが周囲を漂《ただよ》う。すぐに、自分が緑に包まれて横たわっていることに気づいた。僅《わず》かに瞼《まぶた》を開くと、若葉と鮮やかな花色が視界いっぱいに広がる。

そこは、留学先でお世話になった老夫婦の庭の風景によく似ていた。あの時飲んだ、レモンバームのハーブティーの味が懐かしくなる。夫人は、レモンバームのことを『メリッサ』と呼んでいて、ギリシャではそう言うのだと教えてくれた。レモンに似た香りと、ほんのりとした優しい甘さがあるレモンバーム。僅《わず》かに感じる苦味も、慣れたら癖になるのだ。

留学時代の楽しかった記憶を思い出し、優奈は胸がいっぱいになる。

瞼《まぶた》を閉じ、ぽろりと涙が零《こぼ》れたとき――

「君、大丈夫⁉」

声が聞こえた。若い男性の声だ。薄く開いた目に、さらりと流れる金の髪が見える。おぼろげな視界を正《ただ》すようにパチパチと目を瞬《しばた》かせると、優奈を覗《のぞ》き込む金髪碧眼《へきがん》の美しい青年の姿が見えた。

綺麗な花畑に、驚くほど麗《うるわ》しい青年。やはり天国にいるのかと、優奈は思う。

ここは昔絵本で見た『ねこのお菓子屋さん』に描かれていた庭にも似ていた。そんなところにいるなんて、願ってもないことだ。優奈は満たされた気持ちになる。

なので、心配そうな視線を向ける青年に言った。

「私は平気です。どうか、他の困っている人のもとへ……」

天使様、という言葉までは言えなかった。ぶつりと、意識が途切れてしまい、穏やかな表情で、瞼《まぶた》を閉じる。

『うわ～ん、ユウナ～!!』

優奈の導きの妖精、アオローラが取り乱す。

「シュトラエルのところに運ぼう」

傍《そば》にいた青年は一人冷静なもので、優奈を横抱きにすると、近くの民家に運び始めた。

◇◇◇

ふわりと、甘い香りが鼻孔《びこう》をくすぐる。焼いたバターの香ばしい匂いだと、すぐに気づいた。その刹那《せつな》、お腹がぐうと鳴り、優奈はハッと目を覚ます。

「おや、お目覚めかい？」

声のしたほうを見て、優奈は「あれ？」と呟いた。その人影は声にふさわしく老婆《ろうば》のものだったが、彼女が被《かぶ》っているボンネットから、あり得ない物が出ていたのだ。それはまるで——猫の耳のよう。

「あ、あの」

「なんだい？」

「お、お婆さんの耳は、どうしてそんなに大きいのでしょうか？」

「それはね、あなたの声を、よおく聞きとるためさ」

アーモンド形の大きな目は吊り上がっており、口は人間のそれより前に突き出ている。顔も灰色のもふもふの毛に覆《おお》われていた。猫そっくりの頭の持ち主は、人と同じように二足歩行をしていて、可愛らしい紺《こん》のワンピースにエプロンドレスを纏《まと》っている。

「ね、猫⁉　っていうか、ここ、どこ⁉」

がばりと起き上がった途端、視界がぐらりと歪《ゆが》む。ベッドに逆戻りしそうになった優奈の体を、猫の老婆《ろうば》が支えてくれた。しばらくすれば、眩暈《めまい》は落ちついた。優奈は老婆《ろうば》にお礼を言う。

「すみません、ありがとうございました」

周囲の景色に見覚えはないし、猫の老婆《ろうば》もファンタジー過ぎる。頭の中は混乱状態だったが、お礼の言葉はすんなりと出た。

「あの、私は――」

だんだんと意識がはっきりしてくる。帰宅後、自宅で倒れ、女神に出会った。間違って地球に送ってしまったというあり得ない話を聞いたあと、異世界へ送られたのだ。

そして草花が生《お》い茂る庭で目覚め、美しい青年に手を差し伸べられて――

「そういえば、あの男の人は……？」

「はいはい。詳しい話はあと」

「お婆さんは？」

「私の名前はシュトラエル」

「シュトラエル、さん」

「ああ、そうさ。いいから、とりあえずこれをお食べ」

差し出されたそれは、パンケーキ。先ほどから漂《ただよ》っていた甘い香りの正体はこれだったようだ。

二段に重なったフワフワの生地には、四角くカットされたバターが載っており、上からは蜂蜜がたっぷり垂らされていた。とてもおいしそうなパンケーキで、眺めているとまたぐうとお腹が鳴った。

——見ず知らずの人の家で介抱《かいほう》され、食事まで甘えることはできない。

優奈はそう思ったが、シュトラエルと名乗る猫頭の老婆《ろうば》は、一口大に切り分けられたパンケーキをフォークに刺して、優奈の口元へと差し出してくる。

「このパンケーキを食べたら、みんな笑顔になるんだよ。とってもおいしいから、お食べ」

「笑顔になれる……パンケーキ？」

戸惑いながらも口を開くと、老婆《ろうば》はそのままパンケーキを食べさせてくれた。

フワフワの生地に、蜂蜜の優しい甘さと、バターのほんのりとした塩気がよく合う。

おいしくて、老婆《ろうば》の温かな優しさが身に沁《し》みて、優奈は涙をポロポロと流した。

「おやおや、今まで、大変だったんだね」

優しく背中を撫《な》でられ、優奈は両手で顔を覆《おお》う。

「頑張った。あなたは、よく頑張った。偉いよ。だから、このパンケーキをたくさん食べて、ゆっくりお休み。そうすれば、元気になるから」

老婆《ろうば》の話を聞きながらこくこくと頷《うなず》く。思う存分泣いて、少し落ち着いた優奈はパンケーキを食べ進めた。驚いたことに、冷めてもおいしい。綺麗に完食する頃には、お腹の虫も鳴きやんでいた。

「ありがとうございました、おいしかったです」

「そうかい、そうかい」

優奈の顔には、自然と笑みが浮かんでいた。食べたら幸せな気分になれる。老婆《ろうば》の言葉は本当

だった。優奈はもう一度、シュトラエルにお礼を言う。

「あとはゆっくりお眠り。酷《ひど》いクマができている。しっかり睡眠を取って、元気になるんだよ」

その後、優奈は泥のように眠った。


目覚めたのは、陽《ひ》が沈んで夜となり、再び太陽が顔を出す時間帯。

――コーケコッコ～～～!!

「うわっ!!」

鶏《にわとり》の甲高い鳴き声で目を覚ます。勢い良く起き上がり、手元にあるスマホを掴《つか》んだが――

『グエッ!!』

手に取ったのは、つるりとしたスマホではなく、ふかふかの白い塊《かたまり》。見た目はシマエナガな妖精、アオローラであった。

「あら、あなたは……」

『うう～ん、扱いが、雑……ってユウナ、目が覚めたんだ！』

驚いて手を離すと、アオローラは小さな翼を羽ばたかせ、優奈の周りを飛び始めた。

「えっと、うん、おはよう」

『おっはよ～』

体調は大丈夫かとアオローラに聞かれ、優奈は首を傾《かし》げる。いまだに頭の整理がついていなかった。

「あの、まず、アオローラ、あなたについて教えてくれる？」

とりあえず、目の前の不思議な生物から、解析してみることにした。

優奈を導く妖精、アオローラ。性別はない。主な能力は、ものの本質を見抜く、鑑定《かんてい》の能力らしい。

「えっと、アオローラは何か食べたりするの？」

『もちろん！』

女神の一部と、優奈の心から生まれた妖精は、食事も普通にすると話す。本当は食べなくても生きていけるそうだが、そこは女神の加護のおかげらしい。

『ユウナが食べるの大好きだから、同じように好きになったんだと思う』

「そっか。あの……肉とかも食べるの？」

『食べられるよ！　妖精だから、共食いではないよね？』

「あ、うん。たぶん」

次に、この家の主である、シュトラエルについて聞いてみた。

『この世界には、獣人っていう、獣《けもの》の頭を持つ種族がいるんだ』

人間と同じで、良い人も悪い人もいるので、気を付けるように言われた。

『シュトラエルは良い人だよ』

「うん、知ってる」

見ず知らずの優奈を受け入れ、涙が出るほどおいしいパンケーキを振る舞ってくれたのだ。

きっと優しい人に違いない。優奈は少しずつ、このファンタジーの世界を受け入れる。

『一応、この世界について、ユウナに軽く説明しておくね』

優奈は布団の上に正座をして、アオローラの話を聞く姿勢を取った。

『ここはエクリプセルナル。世界樹《せかいじゅ》に支えられていて、五つの国から成り立つ魔法の世界』

五つの国はそれぞれ、白竜《はくりゅう》の守護する国『アスプロス』、黒竜《こくりゅう》の守護する国『メラース』、赤竜《せきりゅう》の守護する国『エリュトロス』、青竜《せいりゅう》の守護する国『カエルレウス』、緑竜《りょくりゅう》の守護する国『ウィリティス』というらしい。

『ここは緑竜《りょくりゅう》の守護する国、ウィリティス。一番緑が豊かでのんびりした国だね』

ウィリティスは人族が多く暮らす国。アスプロスは獣人、メラースは手先が器用なドワーフ、エリュトロスには魔法が得意なエルフ、カエルレウスは半身が魚類《ぎょるい》のマーマンが住んでいるのだとか。

「国ごとに、いろんな種族が住み分けをしているんだ」

そして話を続けるうち、驚くべき事実が発覚する。

『ちなみに、ここの文明は地球と変わらないんだよ』

「え!?」

『機械の代わりに、魔法が発展しているからね』

混乱する優奈に、アオローラは例を挙げる。

『例えば、ユウナが持ち歩いていたスマートフォン。これも似たような物があるんだ』

アオローラは身振り手振りで説明する。

『こんな、丸くて、腕に嵌《は》める装飾品みたいなやつなんだけど、それに刻《きざ》まれた呪文を指先でなぞれば、話したい相手に思念を飛ばすことができるんだ』

「へえ、便利。動力源はなんなの？」

『自身の中にある、魔力を使うんだ』

魔力とは、魔法の源《みなもと》となる大いなる力のこと。『エクリプセルナル』の住人は皆、生まれつき体の中に宿している。

『ここの世界の人達は、電力の代わりに魔力を使って、便利な生活を送っているんだ』

魔力を必要とする道具類は魔道具と呼ばれ、魔力が含まれる石を動力源として力を発揮する。

「ふうん。魔法の杖みたいね」

『そうだよ。魔法を使う時の補助にも使うんだ。魔法使いであっても、個人が持つ魔力には限りがあるからね！』

「魔道具か……。でも、その前に住む家と仕事を探さなきゃいけないね」

頬を打って気合を入れて、優奈は立ち上がる――が、くらりと眩暈《めまい》を覚えた。息苦しさも感じる。すぐに寝台に腰かけ、息を整えた。

『ユウナ、大丈夫？』

「……ええ、平気だけど、なんだろう、これ？」

『もしかしたら、ずっと地球にいたせいで、体内の魔力が足りていないのかもしれない』

この世界では魔力がないと動き回るのも辛い状態になるが、魔力の濃い薬草園でしばらく過ごせば回復するだろうとアオローラは話す。そんな会話をしているところに、トントンと扉が叩かれた。

「もう、起きたのかい？」

外から聞こえた声を聞いて、優奈は不思議に思う。言葉の響きは日本語や英語ではないのに、理解できる、と。

『ユウナ、起きてま～す！』

ポカンとしていた優奈の代わりにアオローラが返事をすると、部屋の扉が開いた。入って来たのは、昨日介抱《かいほう》をしてくれた猫の老婆《ろうば》。手には朝食の載った盆を持っている。

「おはよう」

優奈は立ち上がり、「おはようございます」と頭を下げた。

「私、伊藤優奈と申します。昨日はおいしいパンケーキをいただいただけでなく、こうして一晩泊めてくださって、本当にありがとうございました」

「いいんだよ。イトウ、と言ったかな。変わった名だねえ」

「あ、伊藤は苗字で、名前は優奈です」

「そうかい。ユウナか。良い名前だ」

改めて、自己紹介し合う。シュトラエルは、日々薬草園の草花の世話を生きがいにする、猫獣人《ねこじゅうじん》だと名乗った。

「この子はアオローラと言います。私を導いてくれる妖精、らしいです」

『ユウナ、らしいじゃなくて、そうなの！』

二人のやりとりを見て、シュトラエルは目を細める。何か思うところがあったようだ。

「ユウナ、食事を取りながらお聞き」

寝台の傍《そば》にある、円卓の上に朝食が置かれる。パンにジャム、スープ、チーズ、サラダに茶が並んでいた。シュトラエルは、じっと優奈を見つめて食事を促《うなが》す。優奈はいただきますと言い、匙《さじ》を手に取った。

スープには野菜がゴロゴロとたくさん入っている。匙《さじ》で掬《すく》って食べると、コンソメスープみたいな味わいだった。野菜は柔らかく煮込まれ、噛むだけでほろりと解《ほぐ》れる。

パンは焼きたてで、フワフワもっちり。木苺のジャムは甘酸っぱくてパンと良く合う。チーズにはハーブが入っていた。匙《さじ》で掬《すく》えるほど柔らかいので、これもパンに塗って食べた。サラダには柑橘《かんきつ》系《けい》のドレッシングが掛かっている。葉はルッコラに似ているが、色が地球の物より濃い気がした。でもおいしいので、気にせず食べる。

その食べっぷりを見て、シュトラエルは微笑んだ。思わず夢中になっていたことに気づき、優奈は頬を染める。

「あ、すみません、おいしいです」

「顔色は悪いけれど、食欲はあるみたいで良かったよ」

「はい、おかげさまで」

ここで、本題に移る。

「妖精の導きがあるということは、ユウナは違う世界から来たんだろう？　昔から、そう決まっているんだ。妖精と一緒にいる人は、異世界人だってね」

本当は生まれ故郷に戻ってきた形なのだが、説明が難しいため、優奈は否定せずにコクリと頷《うなず》く。

「そうかい……。私は若い頃、妖精付きの異世界人に世話になったことがあってね」

なんとここは、かつてその異世界人が住んでいた家だった。トリップした時の状況などもいろいろと聞いていたようで、シュトラエルは眩暈《めまい》などを感じていないかと気遣ってくる。頷《うなず》くと、異世界人によく見られる現象であると教えてくれた。

「でも、大丈夫さ。この世界に慣れたら、魔力も体に馴染《なじ》む。この世界のありとあらゆる物に、魔力は宿っているんだ。おいしい物を食べて、薬草茶を飲んで、自然豊かな薬草園でのんびり過ごせば、きっとこの世界にも慣れるだろう」

「はい、ありがとうございます」

話を聞いている間に、食事を食べきってしまった。

「パンとスープはまだまだあるけれど、食べるかい？」

「いえ、もうお腹いっぱいです。ごちそうさまでした」

「それは良かった」

不思議なことに、食事をしたら、じわじわと元気が湧《わ》いてきたのだ。

これからどうするか考える。自分にできることはなんだろうかとも。けれどそれよりも、まずはこの地に慣れることが先決だった。優奈は息を大きく吸い込み、立ち上がる。

「あ、あの」

突然大きな声で話しかけたので、シュトラエルは目を見開く。尻尾もピンとまっすぐ伸びていた。

「ど、どうしたんだい？」

「シュトラエルさん、図々《ずうずう》しいことを承知でのお願いなのですが、私をここに置いてくれませんか？　炊事《すいじ》、洗濯、掃除、なんでもしますと、優奈は頼み込む。

「あと、薬草のお世話もできると思います。学生時代に留学した時、少し習いました。それから――」

「ユウナ、大丈夫だよ」

シュトラエルに落ちつくように言われ、恥ずかしくなる。

「もともとユウナさえ良ければ、ここに住めばいいと誘うつもりだったんだ」

「え!?　あ、はい。その……ありがとうございます」

すとんと寝台に腰を下ろし、優奈は深々と頭を下げる。

「ふ、ふつつかものですが、よろしくお願いいたします」

シュトラエルはにっこりと微笑みながら、手を差し出してくる。優奈はそっと握り返した。

さっそく、家の中を案内してもらう。茅葺《かやぶ》き屋根だという室内は、湿気が少なく、カラッとしていた。踏み締めるたびにきゅっきゅと鳴る木造の床は年季が入っており、白い壁とあいまって、どこか懐かしい雰囲気がある。

ちなみに優奈は、かつてここに住んでいた異世界人が着ていたという、紺《こん》のワンピースとブラウス、黒いリボンを手渡された。幸いにもサイズはぴったりだ。髪を櫛《くし》で梳《と》かし、ポニーテールにしてリボンで結んでみる。

『わ～お、ユウナ、似合うじゃん！』

「ちょっと可愛すぎる気もするけれど」

ブラウスはパフスリーブの袖付けが膨《ふく》らんだもの。スカートの裾《すそ》にはひらひらのフリルがあしらわれていた。着替えが終わり、さっそく仕事をしようと腕まくりをして一階に下りて行ったが、今日は働かなくていいと言われてしまった。

暇になってしまった優奈は、何をしようかと考えて、そう言えばと思い出す。ここに来たばかりの頃、介抱《かいほう》しようとしてくれた青年のことを。

「そうだ。お礼を言いに行かなくちゃ……。あの、シュトラエルさん、私を助けてくれた、金髪の男性をご存じですか？」

「ああ、ヴィリバルト坊ちゃんのことかい？　ユウナを運んできた……」

「ヴィリバルトさんとおっしゃるんですね。はい。一言、お礼を言いたくて」

『ユウナ、居場所、わかるよ』

ついでに、途中にある商店で葡萄酒《ぶどうしゅ》と牛肉を買ってきてくれないかと頼まれた。赤ずきんのお使いのように、籠《かご》とお金を手渡される。欲しい物があれば、買っていいとも言われた。

革袋に入っていた金は、十円玉に似た色の硬貨が五枚。首を傾《かし》げる優奈に、アオローラが教える。

『それは銅貨だね』

日本円にして二百円と同じくらいの価値があると言う。他に、十円と同じ価値のある『軽銅貨《けいどうか》』、百円玉と同じ価値のある『半銅貨』、千円と同じ価値のある『銀貨』に、一万円と同じ価値のある『金貨』など、ウィリティス独自の貨幣《かへい》の説明をしてくれた。

『よし、覚えたなら、出発だ！』

「ええ。ありがとう、アオローラ。では、シュトラエルさん、行ってきます」

「ああ、行ってらっしゃい」

シュトラエルの見送りを受け、優奈は家を出る。玄関を潜《くぐ》ると、視界いっぱいに豊かな風景が飛び込んできた。

「わっ……！」

吹く風は柔らかく、若草の爽《さわ》やかな匂いが漂《ただよ》っている。優奈は目を細めながら、村へ繋《つな》がる道へ一歩を踏み出した。シュトラエルの自宅と薬草園は、村を一望できる小高い丘の上にあるようだ。

「屋根が真っ赤ね」

『あれは土を素焼《すや》きした瓦だよ。ここの土は鉄分を多く含んでいるから、焼くと赤みの強い瓦ができるんだ。この世界の一般的な家屋だよ。シュトラエルの家が茅葺《かやぶ》き屋根なのは、前に住んでいた異世界人の好みだろうね～』

村へ続く小道を、アオローラと優奈はお喋《しゃべ》りしながら進んで行く。

『遠くにある白亜のお屋敷は領主様のお屋敷で、村を囲んでいるのは葡萄《ぶどう》畑。昔は、葡萄酒《ぶどうしゅ》よりも綺麗な水のほうが高価だったから、葡萄酒《ぶどうしゅ》を水代わりに飲んでいたらしいよ』

「すごい話ね」

村の様子を見ながら優奈は思う。ここはヨーロッパにある田舎《いなか》の風景によく似ていると。

同じ地球でも、発展の仕方に差がある。文明レベルが同じだからといって、日本と同じくらい便利な暮らしができるとは限らないのだ。

「やっぱり、日本とは違う、か」

『それは、まあ』

けれど、優奈が住んでいた東京にはない、のどかで美しい自然があった。木々の重なる自然のトンネルを抜け、緩《ゆる》やかな坂を下り、小川にかかった石橋を渡ると、村に到着する。門を潜《くぐ》ると、黄色や白、青など、色とりどりの外壁を持つ建物が並ぶ通りに出た。

「可愛い建物。まるで、童話の世界みたい」

『魔法の世界だから、ある意味童話の世界だけどねえ～』

柱が外壁に露出《ろしゅつ》した造りが特徴的な建築物である。窓辺には、美しい花々が植えられていた。地面は石畳《いしだたみ》が敷《し》き詰められている。道行く村人は優奈を気にしない。日本にいた時も、たまにハーフっぽい顔立ちだと言われることもあったから、この世界の人にしてみれば、そこまで気にかけるような容姿ではないのかもしれない。

「そういえばアオローラ、あの、ヴィリバルトさんはどこにいるの？」

『お坊ちゃんはね～、村の外れで作業しているみたい』

「作業って、何をしているのかしら？」

『お仕事っぽいね～』

優奈は首を傾《かし》げる。おぼろげではあるが、確か彼は、仕立ての良い服を着ていたような気がした。それにシュトラエルも、彼のことを「ヴィリバルト坊ちゃん」と呼んでいたから、てっきり貴族のお坊ちゃんだろうと思っていたのに、働いているとは？

疑問に思いながら、石畳《いしだたみ》の道を進んで行く。村のすぐ外にある家畜用の柵の前に、ヴィリバルトはいた。周囲の男達はシャツにズボンという簡素な服装であったが、ヴィリバルトは紺《こん》の詰襟《つめえり》の上着にズボンという、貴族めいた装《よそお》いであった。そんな彼は周囲の男達数名に、作業を命じている。

「そこ、三本杭《くい》を打ち直して。そっちは修繕するからそのままで」

どうやら家畜を放牧する柵の修理をしているようだ。声をかけていいのかわからず、優奈はその様子をしばらく遠巻きに見る。少し経《た》つと、終わったのか、男達は解散し始めた。優奈のいるほうに男衆《おとこしゅう》がやってきたので、慌てて木の陰に隠れる。けれど人が通り過ぎたあとも、ヴィリバルトは柵のある方向を覗《のぞ》き込んでいた。一人作業を続けているらしい。

「声、かけてもいいかな?」

『いいんじゃないかな』

背後にゆっくりと近付くが、彼が気づいた様子はない。しゃがみ込んで何をしているのかと思えば、急にヴィリバルトの手元が光り、魔法陣《まほうじん》が浮かび上がった。途端、地面から蔓《つる》が生え、傾いていた柵に巻き付いてまっすぐ支える。

「わっ、すごい!」

「え?」

ヴィリバルトはビクリと肩を揺らし、驚き顔で振り返った。

「あれ、君は――」

「あ、ご、ごめんなさい」

集中しているところに声をかけたのだ。申し訳なかったと、頭を下げる。

「こちらこそ、気づかなくてごめん。君、名前は――？」

「伊藤……、あ。優奈、伊藤と申します」

先ほど普通に名乗った時、シュトラエルに伊藤が名前だと勘違いされた。この世界では、名前が先、苗字を後に言うと知ったので、言い直す。

「ユウナ、ね。私はヴィリバルト」

彼はにっこりと微笑みながら手を差し出してくる。握り返すと、ごつごつしていて、手の平にはマメのようなものがあった。貴族めいた外見に似合わない、働き者の手である。

「昨日は助けてくださり、ありがとうございます」

優奈は再度頭を下げた。重かっただろうと、頬を染めながら謝罪する。

「ぜんぜん重くなかったよ。君はもっと食べたほうがいい。腕は細すぎて、見ていて心配になる」

「はあ、そうですね。その辺は、おいおい」

そのまま、少し座って話をしないかと誘われた。サラサラと風が流れる草原に腰かける。ヴィリバルトは上着を脱ぎ、地面に置く。

「どうぞ。ここに座って？」

ヴィリバルトは天使と見紛《みまご》うほどの笑顔で言う。こういった扱いに慣れていない優奈は戸惑う。

それに気がついたのだろう。ヴィリバルトは「じゃあ、ユウナは私のお姫様ということにしよう」とおどけてみせた。そのまま片膝を突き、驚くユウナに手を差し伸べる。

「姫、どうか、ここに座っていただけますか？」

どういう反応をすればいいのかわからず、困惑する。優奈がおろおろしていると、アオローラが肩に止まって耳元で囁《ささや》いた。

『ユウナ。彼のことはイタリア人だと思えばいいよ』

「イタリア人って……」

優奈のイメージするイタリア人といえば楽天家でおおらか、そして情熱的で女性が大好き。

彼も女性全般に優しく、優奈だけを特別扱いしているわけではないのだろう。アオローラの助言を受けてヴィリバルトの態度を気にしないことにした優奈は、彼の手を取って上着に座ることにした。

「妖精と一緒にいるってことは、ユウナは、異世界からやって来た人間という認識でいいのかな？」

「ええ。皆さん、よくご存知なんですね。この世界では常識なんですか？」

「知っているのは一部だと思う。私はシュトラエルに教えてもらったから」

とはいえ、異世界人についての伝承は各地にあると、ヴィリバルトは語り出す。

「世界を救った勇者、人々に救いの手を差し伸べた聖女、さまざまな物を発明した賢者……」

「すごい人達ばかりなんですね」

「そうだね。そういう人達は、この世界に来たときに女神からの祝福があったらしいよ」

優奈がここに来る前に叶えてもらった願いは――一つは、自然が豊かな場所で暮らしたいということ。二つ目は、お菓子が作れる環境であること。三つめは、優奈の力が誰かの助けになること。

優奈の他にも異世界人はこの世界に降りていて、自分の望んだ力を使って英雄になったのだろう。

「でも、この情報は国によって伏せられているんだ。英雄のほとんどが本当は自国民じゃないなんて、公《おおやけ》にしたくないだろうからね。各国にも、自尊心というものがある」

確かにそれは、あまり広めたくない情報だろう。

「ユウナも、何かすごい力をもらった？」

ぶんぶんと、首を横に振る。英雄になれるような力を得ることなど、考えもしなかった。

そんな優奈に、ヴィリバルトは「良かった」と言う。

「中には、異世界人の超人的な力を利用しようと、画策《かくさく》する輩《やから》もいるかもしれないしね」

優奈はハッと息を呑む。力などないのに、あると勘違いされることは、恐ろしいことである。

優奈が受けた祝福は、特別な物ではない。この世界の誰もが持っているかもしれない、ささいなものなのだから。

「ユウナ、だから――」

ヴィリバルトは、真剣な眼差《まなざ》しを向けて、優奈に言った。

「異世界人であるということは、黙っていたほうがいい」

幸い、優奈の妖精アオローラは一見普通の鳥にしか見えない。黙っていれば妖精であると気づく者はいないだろうと、ヴィリバルトは話す。

「いいね？」

優奈が「わかりました」と返事をすると、ヴィリバルトは「いい子だ」と言って、頭を優しく撫《な》でてくる。それは心の中の不安が剥《は》がれ落ちていくような、慈愛に満ちた仕草だった。初対面に近い相手なのにこんなに安心できるなんて、不思議なものだと思う。

ざわめいていた心は、今や驚くほど落ちついていた。

安心したところで、一つ質問をしてみる。それは、先ほどから気になっていることでもあった。

「あの、つかぬことをお聞きしますが、ヴィリバルトさんは、おいくつなんですか？」

「二十歳だけど」

最初に見た印象通り、やはり年下だった。優奈は両手で顔を覆《おお》う。年下の男の子に「いい子」をされるなんて、とても恥ずかしい。けれど一方的に聞いただけなのも悪いと思い、優奈も自身の年齢を口にする。

「私、二十三、なんです」

「ふうん」

明日は晴れです——と、普通のことを聞いたかのような、あっさりとした返答であった。

その後、優奈はシュトラエルの家でお世話になる旨《むね》を、ヴィリバルトに軽く伝えておく。

「そっか。良かった。シュトラエル、最近足腰が痛むって言っていたんだけれど、私達の手助けは不要だって聞かないから」

「そうだったのですね」

これも、女神が優奈の願いを叶えてくれた結果なのだろう。シュトラエルのもとにいられる理由に何となく見当が付いて、ホッとする。

ヴィリバルトは優奈ににっこりと微笑みかけ、語り始めた。

「昔、シュトラエルは喫茶店を開いていて、看板料理はパンケーキ。とっても繁盛《はんじょう》していたんだ。私も小さな時に食べたことがあって――」

当時、王都暮らしをしていたヴィリバルトは、父親の仕事の関係でこの地へとやって来た。

緑が美しい場所で、短い間だったがのびのびと過ごしていたと話す。村の子ども達とも打ち解け、ある日追いかけっこをしていると、シュトラエルの薬草園に迷い込んでしまったのだ。

「恥ずかしい話なんだけど、シュトラエルを見た時、食べられてしまうと思って泣いてしまったんだ。初めて見た獣人だったからね。でも父のもとへの帰り方もわからないし、そのうちお腹空いたとか言って大騒ぎして」

ウィリティスに獣人はあまり住んでいない。なので、幼い彼は驚いたのだ。そんなヴィリバルトに、シュトラエルは気を悪くもせず、二段重ねのパンケーキを焼いてくれたのだと言う。

「あの時のパンケーキが、世界で一番おいしかった」

けれど、ヴィリバルトが再度この村を訪れた時、シュトラエルの店は閉店していた。

理由を聞くと、シュトラエルの夫の死をきっかけに、気力と体力が保《も》たなくなったのだと。

「旦那さん……そうだったのですね」

「残念な話だけれど」

獣人の寿命も人とそう変わらない。別れは必然だった。

「ってことはヴィリバルトさんは、最近こちらにいらっしゃったのですか？」

「そうなんだ。一年くらいかな？　でも君よりは先輩だから、わからないことがあったら、なんでも聞いて」

ヴィリバルトはそう言うと遠い目をして、ごろりと草の上に寝転がる。

「シュトラエルは頑固で、あれから私がいくらお願いしても、パンケーキを作ってくれないんだ。一人だけ特別扱いするわけにはいかないって」

「そ、そうなのですね」

おかげで、昨晩シュトラエルのパンケーキを食べたことを言い出せなくなってしまった。きっとあれは、優奈を元気づけるために、特別に作ってくれたに違いない。

優奈もヴィリバルトと共に、空を見上げる。澄んだ、綺麗な青空だった。

「料理人にお願いしても、同じようなものは作れなかったし、どのお店にも置いてないし……そうなると、余計に食べたくなるんだよね」

シュトラエルのパンケーキは厚さが三センチはありそうな、ふかふかの生地でできていた。おそらく、メレンゲを泡立てて作っているのだろうと優奈は推測する。

「あの、もしかしたら私、シュトラエルさんのパンケーキに近いものを作れるかもしれません」

「え、それって本当⁉」

「はい。よろしければ、昨日のお礼に作れたらな、と」

ヴィリバルトはガバリと起き上がり、優奈の手を取る。

「ありがとうユウナ！　もしかして君は、女神にパンケーキを作れるようになりたいって願ったの？」

「いえ、私はもともと、菓子職人なんです」

「そうなんだ。すごいな」

ヴィリバルトは立ち上がり、次にユウナの手を引いて立ち上がらせた。

「だったら、私の隠れ家——じゃなくて、家で作ってくれる？」

「今からですか？」

「そう。あ、予定は平気？　今日じゃなくてもいいけれど。ごめん、お腹が空いていたから、つい早々に予定を決めてしまって」

優奈はちらりとアオローラを見る。

『シュトラエルには、帰りが遅くなるって伝えておくよ。ついでにお使いもしておいてあげる』

「あの……お使いまで、大丈夫なの？」

『もちろん！』

「で、でも、荷物は……」

そんなに小さな体で運べるのか。心配する優奈をよそに、アオローラはシュトラエルの籠《かご》の持ち手を足で掴《つか》んだ。そして『ふんぬ！』とかけ声を上げた途端、籠《かご》が宙に浮いた。

「うわっ、アオローラすごい！　力持ち！」

『最近の妖精は力持ちなのさ』

そんなことを言って飛び去って行ったかと思えば、アオローラはなぜかすぐに戻って来た。

『あのね、ユウナに一言忠告。初対面の男に、ホイホイついて行ったらダメだからね！』

耳元でこっそり囁《ささや》かれ、優奈は確かにと思う。ヴィリバルトは天使のような容姿なので、襲われる可能性など全く考えていなかったのだ。

『ヴィリバルトは下心とか今のところないっぽいし大丈夫だけど、今後は要注意だよ』

隙があり過ぎる行動に、優奈は恥ずかしくなった。これからは気を付けよう。

「わかった」と返事をすると、アオローラは満足そうに頷《うなず》き、飛んで行った。会話が聞こえていなかったヴィリバルトは、今までと同じ様子で話しかけてくる。

「あ、そうだ。家に材料がないから、一緒に買いに行こう？」

ハッと優奈は肩を震わせたが、「どうかした？」と聞かれ、ぶんぶんと首を左右に振る。三つも年上の自分を、ヴィリバルトが異性として見るわけがない。そう思い直し、自意識過剰《かじょう》な心は隅《すみ》っこへと押しやった。

「じゃあ、行こうか」と言われて、優奈は我に返る。

「あの、私、お金を持っていないんです。すみません、失念していました」

申し訳なく思い、ぺこりと頭を下げる。

「そんな、こっちが作ってってお願いしたんだから、心配しないで」

材料費はヴィリバルトが出してくれると言う。優奈は再度、頭を下げることになった。

「じゃあ、行こうか」

ヴィリバルトはそう言い、優奈の腰に手を回す。内心ぎょっとしたが、この国では普通のことなのかもしれない。相手はただエスコートをしているだけなのに、拒絶するのも失礼だ。

「さ、さすが、イタリア人」

「え、何か言った？」

「いいえ、なんでも」

――ヴィリバルトはイタリア人である。頭の中でそう唱えて、動揺はなるべく顔に出さないようにした。けれど顔が真っ赤になったのは、言うまでもない。


村には四ヶ所、商店がある。雑貨屋に、パン屋、食品店になんでも屋といった店だ。

「なんでも屋さん、ですか」

「雑貨屋、パン屋、食品店にない物は、たいていなんでも屋にあるよ」

まず、ヴィリバルトの家にある食材について尋ねた。

「食材？　何もないよ」

「小麦粉や砂糖も、ですか？」

こくりと頷《うなず》くヴィリバルト。驚いたが、男性の一人暮らしはそんなものなのかなと優奈は思った。

「では、小麦粉、砂糖、卵、バター、牛乳を買いましょう」

どうやら、食材名などは地球とそう変わらないようでホッとする。言語は日本語ではない不思議な響きだが、優奈は脳内で翻訳《ほんやく》し、口にしていた。これも、女神の祝福なのかと考える。

「ここが食品店だよ」

ヴィリバルトが指さすのは、真っ赤な壁の二階建てのお店。一階部分が商店になっているようだ。日除けに吊るされた木の看板には『小熊堂《こぐまどう》』と彫《ほ》られている。

「いらっしゃい、おっと、レンドラーク様じゃないか」

店からひょっこりと顔を出したのは、大柄な中年男性。顔の輪郭《りんかく》を覆《おお》う髭《ひげ》に、盛り上がった腕の筋肉は、まるで熊のよう。小熊ではなく大熊だなと、優奈は内心考えた。

「気軽に名前で呼んでくれてもいいのに」

「いやいや、恐れ多い」

ここで、優奈の思考が停止する。

「あ、あの、もしかして、『レンドラーク』が家名なんですか？」

ヴィリバルトは頷《うなず》き、優奈は頭を抱える。ヴィリバルトというのは、ずっと家名だと思っていたのだ。日本人の感覚では、初対面の男性を名前で呼ぶなどありえないのに。

「おや、そちらの女性は？」

「彼女はユウナ・イトウ。シュトラエルの助手なんだ」

「ああ、そうか。あの婆さん、やっと人を傍《そば》に置いてくれたんだな」

優奈は小熊堂の店主に丁寧な挨拶を受ける。

「俺はビリー・ローテ。困ったことがあったら、なんでも言ってくれ」

「ユウナ・イトウです。初めまして。よろしくお願いいたします」

頭を下げる優奈を見て、ビリーは質問する。

「なんだ、どこぞのご令嬢なのか？」

優奈はすぐに否定したが、ビリーは納得がいかないといった顔をしている。聞けば、優奈の物腰や態度が貴族令嬢にしか見えないらしい。それは日本の義務教育のたまものだろう。それから、養護施設の先生達の教育の成果だ。優奈は育った環境を誇りに思った。

「物腰もそうだし、その黒い目も――」

「ビリー、注文、いいかい」

「あ、ああ。すまない」

ここでパンケーキの材料を買い、小熊堂を後にした。

「レンドラークさん、おうちに調理器具は――」

「ユウナ、違うよ。呼び方、ヴィリバルトって呼んで」

有無《うむ》を言わせない迫力で迫るヴィリバルト。ビリーにもそう言っていたので、みんなに頼んでいるのだろうが、優奈はこういう風に異性と親しくしたことがないので困惑する。

「彼はイタリア人、彼はイタリア人……」

ボソボソと小さな声で呪文のように呟き、覚悟を決める。そして、無理矢理笑顔を作った。

「わかりました、ヴィリバルトさん」

引き攣《つ》った笑顔の優奈に対し、ヴィリバルトは天使のような微笑みを浮かべながら、「ありがとう」と言った。

「それで、話を戻しますが、ヴィリバルトさんの家にはどんな調理器具があるんですか？」

「自分で料理をしないから、全くないんだ。いつもはだいたいパンとリンゴを買って食べたり、チーズを齧《かじ》ったり」

「え⁉　そんな食生活をしてるんですか？」

「あ、毎日じゃないよ、時々ね。でも、家じゃ料理しないんだ」

ボウルや泡立て器どころか、鍋や皿すらないということが発覚し、優奈は慌てた。

「せっかくだから買うよ」

「で、ですが……」

料理をしないのならば、今回のためだけに買うことになってしまうんじゃないだろうか。

「あの、ご提案なのですが、シュトラエルさんにお願いして、お台所と調理器具を借りて作るのはどうですか？」

「ダメだよ。シュトラエルは私が遊びに行くのを良く思っていないようなんだ」

「そう、なのですね」

良いアイディアだと思ったのだが、何やら複雑な事情があるらしい。使わない道具を買うのは無駄な出費だと思ったが、優奈は説得を諦めることにした。

今度は、なんでも屋に調理器具を買いに行く。その店は東京の浅草にある問屋街《とんやがい》のような、豊富な品揃《しなぞろ》えであった。店の規模、商品数共に、さっきの食品店とは比べ物にならない。

ヴィリバルトは店主に挨拶をする。店の奥から出て来たのは、白髪頭《しらがあたま》の老婆《ろうば》だ。

「いらっしゃい。ヴィリバルトの坊ちゃん。あら、そちらのお嬢さんは見ない顔ね」

「彼女はシュトラエルの助手で、ユウナ・イトウ。昨日、この村に来たんだ」

「ユウナお嬢ちゃん、初めまして。私はなんでも屋のマリア・ロウよ」

「えっと……、初めまして、ユウナ・イトウ、です」

お嬢ちゃんと呼ばれる年ではないが、いちいち指摘するのもどうかと思い、曖昧《あいまい》に微笑んでおく。

「今日買う品は――ユウナ、なんだったかな？」

「あ、はい。フライパンにボウルが二つ、それから泡立て器とか、ありますか？」

「ええ、もちろん」

店の奥へと消えていくなんでも屋の女店主、マリア。ガチャガチャと、金物が重なり合う音が鳴り響く。その間、ユウナは周囲を見渡した。大きな壷に、円卓、本、食器、鞄《かばん》、服など、品揃《しなぞろ》えは雑多《ざった》である。なぜか自転車やミシンなども置いてあった。文明は地球とそう変わらないというアオローラの説明は本当だったのかと納得しながら、他の必需品を探した。

あと必要なのは平皿《ひらざら》にナイフ、フォーク、カップくらいか。

「ああ、ユウナ、お茶を沸《わ》かすヤカンは家にあるから。あとカップも」

「そうなのですね」

振り向くと、すぐ近くにヴィリバルトの顔があってぎょっとする。距離が異様に近かった。彼は物語から飛び出てきたような貴公子然《きこうしぜん》とした青年なので、顔を見ただけでドギマギしてしまった。距離が近い件に関しては、さすがイタリア人と思うことにしておく。

「じゃあ、お皿はどれがいい？」

「あ、はい。え～っと」

店には数種類の皿が置いてあった。優奈が手に取ったのは、縁に蔓《つる》模様のある平皿《ひらざら》。先ほどヴィリバルトが使っていた蔓《つる》を生《は》やす魔法が印象的で、同じ柄《がら》の皿が目に留まったのだ。

「そういえばさっきの魔法、すごかったですね！　蔓《つる》を生《は》やして修繕するなんて、素晴らしいです！」

そう言った瞬間、ヴィリバルトは目を丸くした。それから、少し寂しそうな顔で微笑んだ。

「……そんな風に言ってくれるの、ユウナくらいだよ」

「そう、なのですか？」

悲しそうに微笑むその表情は、ワケアリに見えた。優奈はそれ以上触れずに、食器選びを再開する。

なんでも屋では、調理器具に食器類と、大量の買い物をした。まるで新婚さんの買い物のようだとマリアに言われたが、ヴィリバルトは否定せずに笑うだけ。そこはきっちり否定してほしいと思いながら、優奈は他に、食器を洗うスポンジと洗剤などの雑貨も購入した。

「こういうのは雑貨屋のほうが安いんだけどね。今日は時間がもったいないから」

そういえば、お腹が空いていると言っていた。早く作らなければと、優奈は気合を入れる。

材料が揃ったので、ヴィリバルトの家に移動した。

「ここが私の家」

黄色い壁に赤い屋根の、平屋建《ひらやだ》ての一軒家を前に、ヴィリバルトはそう言った。

「ごめん、ちょっと埃《ほこり》っぽいかも。来るのは一週間ぶりくらいだから……」

「え？」

「あ、いや、なんでもない」

何やら不穏な発言が聞こえたような気がしたが、ヴィリバルトは首を横に振ってこれ以上の追及はしないでくれという姿勢を取る。優奈は首を傾《かし》げつつも、まあいいかと疑問を頭の隅《すみ》に追いやった。

「ちょっと待っていて。窓を開けて空気の入れ換えをするから」

扉を開き、ヴィリバルトは一人中へと入って行く。ガチャガチャと何かを移動させるような物音を聞きながら待機して、数分後——

「ごめん、お待たせ。どうぞ」

「おじゃまします」

換気をしたはずの室内は、それでもまだ少しだけ埃《ほこり》っぽい。廊下に足を踏み入れると、ギシギシと木の軋《きし》む音が鳴り響いた。ヴィリバルトは殺風景《さっぷうけい》な居間に、書斎、風呂場と、簡単に内部を案内してくれる。物はほとんどないのに、書斎の本だけは充実していた。いったいどういう暮らしをしているのかと、ユウナは不思議に思う。

「ここが台所」

料理しないと公言しているだけあって、何もなかった。コンロと備え付けのオーブンに流し台、背の高い棚、そして調理机があるばかりである。机は埃《ほこり》を被《かぶ》っていたので、布巾《ふきん》か何かで拭かなければならない。優奈は水道に手を伸ばしたが、蛇口《じゃぐち》を捻《ひね》っても何も出てこない。あれ？　と優奈は首を傾《かし》げる。

「あ、優奈、もしかして魔力切れ？　大丈夫？」

「あっ……！」

思い出した。この世界では魔力がなければ、便利な道具は使えないのだ。

「こちらに来たばかりで、体に魔力があまりないみたいなんです」

「え？　だったら、こうして歩き回るのも不可能なような……」

「それは、女神様に祝福してもらった名残《なごり》かもしれません」

「そっか。だったら、魔力を補給するために、たくさんここの食材を食べないとね」

そう言って、ヴィリバルトは水道の説明に戻った。蛇口《じゃぐち》の内部に彫《ほ》られた呪文と、捻《ひね》った摩擦《まさつ》で術式が完成し、貯水所《ちょすいじょ》から水を引き寄せる魔法が発動すると言う。優奈に代わってヴィリバルトが蛇口《じゃぐち》を捻《ひね》ると、水が勢い良く出てきた。

「わ、すごい！」

と、感心している場合ではない。布巾《ふきん》を借りて台所を掃除した。真っ先に調理台付近を綺麗にしたあと、食器を洗って、ついでに床も拭く。ヴィリバルトと二人がかりで、大掃除となった。

台所はすっかりピカピカになった。満足げにふうと息を吐いた優奈が額《ひたい》の汗を拭《ぬぐ》っていると、ぐらりと視界が歪《ゆが》み――

「ユウナッ！」

倒れそうになったところを、ヴィリバルトが抱き止めた。そのまま台所の椅子に座らせてもらう。

「君は、やっぱり魔力が足りていないんだね」

「すみません、ご迷惑を」

一休みしようと、提案される。ヴィリバルトは棚から真っ赤な石を取り出し、コンロの下のオーブンを開いて投げ入れた。一体型になっているのか、蓋《ふた》を閉め、オーブンの表面に彫《ほ》られていた文字を指先でなぞると、ボッと音を立てながらコンロの火が着火する。

「ヴィリバルトさん、それは？」

「魔石燃料《ませきねんりょう》だよ。これで火を熾《おこ》すんだ」

地球でいうガスみたいな物かと、納得する。ヴィリバルトはヤカンを火にかけ、缶の中の茶葉のような物を、サラサラとカップに入れた。

「これ、保存食のビスケットなんだけど、良かったら食べて」

「ありがとうございます」

魔力を溜《た》めるには、この世界の食べ物を口にしなければならないらしい。お世話になりっぱなしで申し訳ないと思いつつも、優奈はビスケットをいただくことにした。

丸いビスケットを、手に取って齧《かじ》る。パキリと硬めの歯ごたえを感じつつ、呑み込んだ。

良く言えば素朴、悪く言えばボソボソしている甘い物体。そんなクオリティであった。

お茶も、当然ながら渋かった。異世界の不思議なお茶なのかとも思ったが、これはヴィリバルトが淹《い》れ方を間違っているのではないだろうか。

「どっちもおいしくないでしょう？」

「……それは」

「いいよ、顔を見ればだいたいわかるから」

これは王都で大量生産された茶葉と庶民菓子。おいしくはないが、安くて手に入りやすいそうだ。

「この村で売っている茶葉とお菓子と言えば、王都の工場で生産された物くらいなんだ。まあ、味気ない場所なんだよね」

だから、おいしいお茶とパンケーキを出すシュトラエルの店は貴重な存在だったんだと、ヴィリバルトは寂しげに語った。

「ユウナ、シュトラエルの家まで送って行こう。辛いだろう？　歩ける？　抱いて行こうか？」

優奈は顔を真っ赤にして、首をぶんぶんと横に振った。同時に、彼の言葉がパンケーキは今度でいいと暗に示していることにも気づく。

「あの、私、平気です。ビスケットとお茶で元気になりましたから」

無理はしないでくれと言われたけれど、買い物までお世話になって、何もしないまま帰るわけにもいかない。優奈は妥協《だきょう》案を提案した。

「もしよろしければ、ヴィリバルトさんも手伝ってくれませんか？」

「パンケーキ作りを？」

自分にも手伝えるのかと聞かれ、こくりと頷《うなず》く。

「わかった。上手くできるかわからないけれど、手を貸すよ」

「よろしくお願いいたします」

優奈は腕まくりをして、エプロンを探す……が、そんな物などないと言われてしまい、苦笑いを浮かべながら調理に取りかかった。

さっそく材料を手に取る。計量器がないので磁器のカップを使い、小麦粉と砂糖を目分量で量った。

それが終わったら、卵を黄身と白身に分ける。白身に砂糖を入れて、泡立て器で軽くかき混ぜた。

「こんな風にして、中身がフワフワの白いクリームみたいになるまで混ぜてもらえますか？」

ヴィリバルトが卵白《らんぱく》を泡立てている間、優奈は黄身に牛乳を混ぜて生地の準備をする。

「ユウナ、まだ？」

「はい、もっとです」

ヴィリバルトは一生懸命卵白《らんぱく》を泡立てている。慣れない作業に苦戦しているようだった。

ハンドミキサーがないとメレンゲを作るのは大変そうだなと考えながら、優奈も手が空いたので、声をかけてみる。

「私がやりましょうか？」

「大丈夫。ユウナは座っていて」

そう言われて、まだ少し眩暈《めまい》を感じていた優奈はお言葉に甘えさせてもらう。

数分後、ヴィリバルトは見事な角《つの》の立つメレンゲを作り上げた。

「これでいい？」

「はい、ありがとうございます。お上手ですね」

礼を言って受け取ると、ヴィリバルトは嬉しそうに微笑んだ。それを横目に、優奈は生地作りの仕上げを行う。

メレンゲに黄身と砂糖を合わせ、小麦粉を篩《ふる》って混ぜる。ポイントはさっくりと混ぜること。こうするとメレンゲが萎《しぼ》みにくくなるのだ。生地が完成したら、フライパンに油を引き、温める。

「ヴィリバルトさん、これ、火の勢いを弱くできますか？」

ヴィリバルトは「任せて」と言い、オーブンに書かれてある呪文の一つをなぞった。すると、強火だった火が中火に変わる。フライパンが温まったのを見計らって、生地を落とした。じゅわりと、生地の焼ける音と甘い香りが漂《ただよ》う。フライ返しで何度か裏返し、中まで火が通ったら完成。バターをカットし、パンケーキの上に載せる。

ここで、優奈はハッとなる。蜂蜜を買い忘れたのだ。そのことを、ヴィリバルトに伝える。

「ああ、蜂蜜ね。今、手に入りにくいんだ」

「そうなのですか？」

「残念なことにね。国内唯一の産地が嵐の被害に遭《あ》ったせいで高騰《こうとう》して、この辺りは流通していないんだよ。たぶん、王都の貴族が買い占《し》めているんだと思う」

シュトラエルの家にあったのは、きっと嵐の前に買った物だったのだろう。ならば申し訳ないが、このパンケーキはバターだけで食べてもらうしかない。

机の上に置くと、ふるりと震えるパンケーキ。

「うわ、すごい、フワフワだ！」

見た目だけで、ヴィリバルトは感激しきっていた。正直、シュトラエルに作ってもらった物より厚さは薄かったが、喜んでもらえてホッとする。

「食べていいの？」

「どうぞ」

焼きたてのパンケーキを前に、ヴィリバルトは食前の祈りを捧《ささ》げる。ナイフとフォークを掴《つか》み、そっとナイフを入れる様子を、優奈はドキドキしながら見守った。

一口大に切り分けたパンケーキを口にした瞬間、ヴィリバルトは目を見開く。そして目を煌《きら》めかせて、感想を語り出した。

「これ、すごいよ！　生地がフワフワもちもちで、甘すぎなくて、子どもの頃、シュトラエルに作ってもらったパンケーキと同じくらいおいしい！」

「あ、ありがとうございます。良かった……」

彼はあっという間に一枚食べきってしまった。じんわりと瞼《まぶた》が熱くなったのを自覚して、優奈は二枚目を焼くと理由を付けてヴィリバルトに背を向ける。

やはり、この地に来たのは間違いではなかった。優奈が欲しかったのは、コンクールで得られる実績や名誉ではなく、笑顔で「おいしい」と言ってくれる人達なのだ。

感極まり、途中から涙が止まらなくなってボロボロと泣いてしまったけれど、ヴィリバルトは気づかない振りをしてくれた。彼が二枚、三枚と食べ進める様子を、優奈は幸せな気分で見守る。

後片付けはヴィリバルトがやってくれた。いろいろと動き回れるだけの魔力が、まだ優奈に溜《た》まっていないのを見越してのことだ。片付けを終えたヴィリバルトが、振り返りながら言った。

「――ユウナさ、シュトラエルのお店を継いでみる気はない？」

その言葉に、ドキンと胸が高鳴る。優奈はただただ、驚いた。できたらいいけれど、果たして体力が保つのか。それに、シュトラエルが許してくれるのかもわからない。そう言うと、ヴィリバルトは優しく笑った。

「そっか。そうだよね。まずは元気にならなきゃ」

自分の店を持つのは優奈の夢である。いつか叶えたいと考えていた。しかし、まずはこの世界の環境に慣れることが先決である。

「まあ、私のためだけに作ってくれてもいいけれど」

「そうですね。それくらいなら、私にもできるかも」

「本当？　だったら、一緒に住む？　なんだったら、ここじゃなくて――」

言葉を遮《さえぎ》るかのように、扉がトントントンと叩かれる。続いて大きな声が聞こえた。

『すみませ～ん、うちのユウナ、いますよね～？』

アオローラだ。優奈はゆっくり立ち上がり、玄関へと向かう。するとそこには、アオローラだけでなく、なぜかシュトラエルの姿もあった。

「シュトラエルさん!?」

「ユウナがなかなか帰ってこないから、迎えに来てしまったよ」

にっこりと、手を差し伸べられる。

「ああ、すみません、ありがとうございます」

優奈はシュトラエルの温かな指先をぎゅっと握った。そこへ見送りに来たヴィリバルトの声がかかる。

「ユウナ、今日はありがとう、おいしかった」

「……おいしかった？」

シュトラエルは訝《いぶか》しげな視線をヴィリバルトに向けた。

「ユウナにパンケーキを作ってもらったんだ。彼女、菓子職人なんだって」

「あら、そうなのかい？」

シュトラエルは驚いた顔で優奈を見た。

「素敵だねえ。家に帰ったら、どんなお菓子が作れるのか教えてくれるかい？」

「はい。喜んで」

と、アオローラが不意に『ぶふっ！』と噴き出した。

「アオローラ、どうしたの？」

『だ、だって、ヴィリバルトが捨てられた子犬みたいな顔をしているから』

アオローラの言うとおり、ヴィリバルトはなぜか眉尻を下げた、情けない表情で優奈を見ていた。

一人になるのが寂しいのだろうか。

「ヴィリバルトさん、また今度、お話ししましょう」

「ありがとう、ユウナ。では、また」

優奈はシュトラエルと共に手を振って別れた。


昼食を共にしながら、優奈は地球でのことをシュトラエルに話した。

「――まさか、優奈が菓子職人だったとはね！」

「はい。まだ、独り立ちはしていないのですが」

「でも、何年も働いていたんだろう？」

毎日毎日ケーキの生地を作り、デコレーションをし、研修会に参加する。コンクールに出すメニューを考え、店の新メニューのアイディアも出す。目まぐるしい毎日だった。忙し過ぎて、自分の作ったお菓子をどんな客が食べているのかさえ、知らなかったのだ。

「調理場に籠《こも》ってひたすらお菓子を作るなんて作業は、私に合っていなかったのかもしれません」

絵本のような喫茶店の再現は難しくても、お客一人一人の顔がわかる街のケーキ屋さんのような小さな店に勤めれば良かったのだと、今更ながらに痛感していた。

「そうかい、そうかい。実を言えば、ユウナを見た瞬間、きっと苦労をしていたんだろうなと思ったんだよ」

シュトラエルは優奈の細い腕に、そっと手を添えた。

「若い娘さんなのに、こんなにやせ細って……」

それと同時に、何か手に職を持っているだろうと、確信していたと話す。

「手を見ればわかるよ。こんなに荒れて、可哀想に……今まで、頑張り過ぎていたんだ」

「そう、でしょうか？」

「そうに決まっている。まず、ユウナは頬をもっとふくふくにして、元気になるべきだね。それから、新しいことを始めようか」

そういえば、今日も結局ヴィリバルトに迷惑をかけた。早く元気にならなければ、周りの人にも迷惑をかけてしまうかもしれない。シュトラエルの言葉が身に沁《し》みる。

「ありがとうございます」

優奈は深々と頭を下げた。


その日から、ユウナは異世界『エクリプセルナル』に馴染《なじ》むための生活を始めた。

自然の空気を吸い、たくさん食事を取り、よく眠る。シュトラエルも、座ってできる繕《つくろ》い物に、家計簿の計算、洗濯物畳みなど、無理のない仕事を振ってくれた。優奈はなんでもできるねとシュトラエルは褒めてくれたが、全て学校や養護施設で習ったことである。改めて日本の教育に感謝した。中でも優奈の好きな仕事は、薬草園の手入れと収穫作業であった。シュトラエルは日々、さまざまな知識を与えてくれる。

「お茶といえば乾燥させた物をお湯で戻して飲むのが一般的なんだけど、私は新鮮な薬草を使って作るお茶が世界一おいしいと思っているんだよ」

シュトラエルの言葉に優奈はコクコクと頷《うなず》く。確かに、ホームステイ先の奥さんが作ってくれたフレッシュハーブティーはどれも普通のお茶よりおいしかった。

薬草園で作業をする時は、スカートの下にズボンを穿《は》き、つばの広いボンネットを被《かぶ》って作業する。仕上げにミントで作った虫除《むしよ》けを全身にふりかければ準備完了だ。

薬草園は今日も一帯が鮮やかな緑で、風が爽《さわ》やかな香りを運んでくれる。

優奈はめいっぱい息を吸い込んだ。

「さて、始めようか」

「はい！」

まずシュトラエルが摘《つ》んだのは、優奈も知っている、白い花を咲かせる有名なハーブ。草は若草色《わかくさいろ》で、葉の部分は青臭いが、花はリンゴに似た香りを放つ。

「これはカモミール。乾燥させると枯《か》れ草臭《くさしゅう》がちょっと気になるけれど、生の状態なら、甘い香りが楽しめるよ」

カモミールは喉《のど》の炎症を緩和するだけでなく、安眠効果もあるそうだ。優奈は時折メモを取りつつ、作業を手伝った。

幸いにも、ハーブ類は地球で見知った物がほとんどで、名称も同じ。習った知識を記憶するのは難しいことではなかった。

「生の薬草茶の一番の魅力は、新鮮な香りだね。乾燥した茶葉の比ではないおいしさだよ。まあ、独特の癖があるから、好みは分かれるだろうが」

そんなフレッシュハーブティーにも弱点がいくつかある。一つ目は、生のハーブはほとんどが水分で構成されていて、乾燥した物に比べると有効成分の含有量《がんゆうりょう》が少ないということ。よって、薬効を期待するならば、乾燥ハーブを使ったほうが良い。シュトラエルはそれもせっせと作り溜《た》めていた。さらにアオローラの存在も、優奈の生活を支えてくれていた。

『ユウナ、この木は魔力がたくさん出ているからこの木陰で休むといいよ』

「ありがとう」

アオローラの魔力計測能力のおかげで、体内に効率良く魔力を取り込むこともできている。

おかげさまで、大分体の調子も良くなり、優奈は元気と本来の明るさを取り戻しつつあった。

「よし、お昼からも、頑張る——」

が、急に立ち上がったら、眩暈《めまい》を起こしてしまった。

『うわわわ、魔力を吸収したあとは、急に動いちゃダメ！』

「そ、そうなんだ……」

反省することも多々あるが、おおむね楽しく、穏やかな生活を送っている。

さらにお昼過ぎには、ヴィリバルトがほぼ毎日やって来る。

「はい、ユウナ、お土産《みやげ》」

そう言って、道端に咲いているような素朴な花をいつも持って来てくれるのだ。

「ありがとうございます。嬉しいです」

当然ながら、こういった扱いに慣れていない優奈は毎回赤面《せきめん》しつつ受け取っている。自分のほうが三つも年上なのに、毎回照れてしまって恥ずかしい。そう思うたびに、「彼はイタリア人。博愛主義で、世界にいる全ての女性に優しい男性なのよ」と言い聞かせていた。

もらった花は一日だけ飾り、あとは押し花などにして保管している。どれも初めて見る花ばかりなので、可憐なそれを愛《め》でつつも、植物図鑑を作っているような興味深い気持ちで収集中だ。

そんな優奈の今一番の楽しみは、ヴィリバルトの体調に合ったフレッシュハーブティーを調合することだった。

「今日はこのあと人と会う約束があるせいか、緊張しているかも。胃がなんだかもやもやしていて。

「ユウナ、一緒に摘みに行こう」

優奈は「はい！」と言って立ち上がった。薬草園には四季折々のハーブが茂っている。この地には女神の祝福があるとかで、多種多様な草花が季節問わずに生えているのだ。お喋《しゃべ》りをしながら歩いているうちに目的のハーブを発見する。それは、燃えるような赤い花を咲かせていた。

「ユウナ、これは？」

「ベルガモットです」

ベルガモットには鎮静《ちんせい》作用と、胃の不調を助ける効果がある。葉の部分から分泌《ぶんぴつ》される柑橘系《かんきつけい》の爽《さわ》やかな香りが気分をリフレッシュさせてくれるので、今のヴィリバルトにぴったりのハーブだった。

「実はここにはもう一種類、ベルガモットがあるんです」

優奈が向かったのは、薬草園を取り囲む並木道。その内の枝もたわわに実をつけた樹の前で立ち止まった。

「オレンジの木じゃないの？」

「はい。ですがこれも、ベルガモットというのです」

正確にはオレンジではなく、ダイダイとマンダリンオレンジの交雑種《こうざつしゅ》だと言われている。

元々、ハーブのベルガモットが、果樹のベルガモットの香りに似た芳香を放っていたのでそう呼ばれるようになったらしい。

「こちらは、緊張を解《ほぐ》す効能があるんですよ」

「へえ、そうなんだ」

苦味が強く、生食にはあまり向かない。優奈はオレンジピールにして、焼き菓子に使っていた。

「これも、絞って入れてみようかなと思いまして」

実をいくつかもいで、籠《かご》の中に入れる。そのあと二人はシュトラエルの家に戻り、お茶の準備をすることにした。かつて喫茶店の店舗として開放していたスペースのカウンターを使う。そこにはコンロと、背後に大きなかまどがあるのだ。

店内はそんなに広くない。カウンター席が五つと四人がけの円卓が三つあるばかりで、こぢんまりとしていた。単独の厨房《ちゅうぼう》はなく、カウンターと調理場が一緒になっている。

しかしそれは、調理をしながら客の顔を見たい優奈にとって理想的なお店でもあった。

いつかここでお店ができたら——そんなことを考えていたが、ハッと我に返り、首を横に振る。

ハーブティー作りに集中しよう。今日も、湯を沸《わ》かすのはヴィリバルトの仕事である。

「もうそろそろ、魔道具に挑戦したいのですが」

「ダメだよ。まだ顔色が悪い」

『そうだよ、ユウナ～』

ヴィリバルトとアオローラ、両方からダメ出しを受け、優奈はがっくりと肩を落とした。

「なんか心配だな」

『大丈夫だよ。きちんと見張っているから』

「アオローラ君、よろしくね」

『お任せあれ！』

二人のやりとりを聞いて少しだけ機嫌を損ねた振りをしながら、優奈はフレッシュハーブティーの用意をする。ハーブのベルガモットの葉を軽く洗い、虫食いなどがないか確認しつつガラスのティーポットに入れる。ベルガモットの実のほうも、皮を擂《す》って少々追加した。

沸《わ》いた湯を注ぎ、二、三分蒸《む》らしたそれをカップに注ぐ。ベルガモットの果汁《かじゅう》を垂らし、砂糖を入れたら完成だ。

「はい、お待たせしました」

「ありがとう」

自分達の分も用意して、ヴィリバルトの目の前に座る。カップを手に持ち、香りを吸い込んだ。

「とても良い香りでしょう？」

「だね。憂鬱《ゆううつ》な気分も癒《いや》してくれるようだ」

『なんか、めっちゃオレンジって感じ！』

香りは極上。味のほうは——

「う〜〜ん」

『うへぇ、渋〜い！』

優奈は顔を顰《しか》めた。アオローラも目を細め、小さな舌を嘴《くちばし》から出して感想を述べる。

ベルガモットの実を入れなければ、ここまで渋くはならなかっただろう。優奈は大いに反省する。

「そう？　なんか、上品な香りを飲んでる感じで、凄く優雅な気分になったよ」

ヴィリバルトには好評だった。

「蜂蜜なんかを入れたら、おいしくなりそうだけれど……」

しかし、蜂蜜は高騰《こうとう》中。

「他の薬草とのブレンドとかも考えてみますね」

「勉強熱心だね、ユウナは」

「凝《こ》り性《しょう》なんです」

こうしてヴィリバルトは、優奈のフレッシュハーブティー作りの相談相手になってくれている。

ゆっくりのんびりと過ごす毎日。もっと元気になったら、ハーブを使ってお菓子を作ろうと、優奈は思った。


その日の夜。優奈はシュトラエルと食後のお茶を楽しんでいた。

「ここでの毎日はどうだい？」

「はい、とても楽しいです！」

気候は穏やかで、村の様子ものどか。優奈の地球での仕事疲れは、すっかり解消されていた。毎日飲んでいる、ハーブティーも効いているのだろう。薬草園での仕事もやりがいがあり、癒されていると実感できる。そう伝えると、シュトラエルは耳をピンと立てて、真剣な眼差《まなざ》しになった。

「ユウナ、困っていることがあったら、なんでも言っておくれ」

「ありがとうございます。でも、困ったことなんて――」

何もない。そう思っていたが、ぽわんと頭に浮かんだのは、微笑むヴィリバルトの顔だった。

「ユウナ？」

「あ、あの～、一つだけ。ヴィリバルトさんって、みなさんにあんな感じなんですよね？」

「あんな感じとは？」

「え～っと……」

どう説明すればいいのかわからず、優奈は迷う。

「こう、すごく親切と言いますか、親身になってくれると言いますか」

優奈はこの世界のことを何も知らないので、特に優しくしてくれているのだろうとは思っている。

しかし同時に、ヴィリバルトの親切を一方的に受けるのは、なんだか悪いなとも思い始めていた。

「そう、ヴィリバルトの坊ちゃんが……」

日頃の礼としてお菓子でも作って持って行こうか、と相談してみるが、なぜか上《うわ》の空《そら》になってしまったシュトラエルからの返事はなかった。

◇◇◇

ある日の夕方。優奈を訪ねてやって来たヴィリバルトは、シュトラエルに見つかって家の裏手に連れ込まれた。

「シュトラエル、どうした？」

シュトラエルは毛を逆立てながら、ヴィリバルトをジロリと睨《にら》みつける。

「どうした？　じゃないよ。あんた、どういうつもりなんだい？」

「どういう、とは？」

「ユウナのことだよ」

ヴィリバルトはここ数日、ほぼ毎日ユウナに会いに来ていた。その様子を、シュトラエルは監視していたのだと話す。摘《つ》んだ花を手土産《てみやげ》に現れ、優奈が不安げにしていたら励《はげ》まし、お茶の試作品作りにまで付き合うヴィリバルトの姿を見たと。

「ユウナに何かあったの？」

「ユウナをどうするつもりだと聞いているんだ」

「どうって、別に、なんだか放っておけないから、様子を見に来ているだけで」

「下心はないんだね？」

「下心……？」

ここでようやく、ヴィリバルトはシュトラエルの言わんとしていることを理解した。

おっとりとした様子で答える。

「ああ、なるほど。シュトラエルには、私が悪い虫に見えたんだ」

「悪い虫とまでは言わないよ。けれど、軽い気持ちでユウナに優しくするのならば、ここには二度と来ないでくれるかい？」

「軽い気持ちじゃないよ。だって、異世界から一人で落ちて来たって言うし、なんだか心配で」

「あんたの顔と行動を見ていたら、説得力が全くないんだよ」

ヴィリバルトはシュトラエルの意図が掴《つか》めず、首を傾《かし》げている。シュトラエルは「はあ」と、盛大な溜息を吐いた。

「この際だからはっきり言わせてもらうよ。今のあんたは、まるで自分がユウナの恋人だと言わんばかりの態度で、ユウナに接している」

「それ、本当？」

「無自覚だったのかい……」

シュトラエルは重々しい態度で、ゆっくりと頷《うなず》いた。

ヴィリバルトはしばし、物思いに耽《ふけ》るポーズを取った。けれど、すぐに手をポンと打つ。

「たぶん、ユウナのことは、好きなんだと思う」

「やっぱりそうなんじゃないか！」

「だって、私が薬草園で助けた女性だし」

「自分が拾ったんだから自分の物だとでも主張するつもりかい？」

シュトラエルの追及に返事をせず、ヴィリバルトはにっこりと微笑んだ。

「でも、それが普通なんじゃないかな？　ユウナは一生懸命で優しくて、勉強熱心だし、素直な性格で働き者だ。何より、とても可愛い。男なら見つめられただけで好きになると思うよ」

「ああ、その気持ちは大いに理解しているよ。現に、村の若い衆にユウナについて何度も聞かれた」

「そうなんだ。それは困るね」

その発言に、シュトラエルはさらに毛を逆立てた。尻尾も、ぴんとまっすぐ伸びる。

「あんたがユウナを望むというのが、どういう意味かわかっているのかい？」

「何か問題が？」

「何もわかっていないようだね、この若造が」

シュトラエルはヴィリバルトの両肩を掴《つか》む。指先に、ぐっと力がこもった。

「王都から逃げ出してきたあんたに、ユウナを守れるとは思えない」

「それは――」

「今なら間に合う。まだ、そこまで気持ちは育っていないだろう？　ユウナは、道端に咲いた花が綺麗だとか、今日もいい天気だとかそんなささやかなことを幸せに思う子なんだ。こののどかな村でゆっくり静養させてやりたい。だから、あんたのお家騒動なんかに、絶対巻き込むんじゃないよ！」

終始飄々《ひょうひょう》としていたヴィリバルトであったが、最後の言葉には反論できず、唇を噛み締めて俯《うつむ》いた。シュトラエルは手を離し、一歩距離を取る。

「……キツイことを言って悪かった」

ヴィリバルトは切なそうに、首を横に振る。

「いや、本当のことだ」

もう一つ、お願いがあるとシュトラエルは言う。

「ユウナが悲しまないように、さりげなく距離を置いておくれ」

その言葉に、ヴィリバルトはこくりと頷《うなず》いた。

◇◇◇

仕事が忙しくなるからと、ヴィリバルトが来なくなって一週間が経《た》った。

『なんか、寂しいね～』

「そうだね」

あれから魔力を取り込む活動は順調で、優奈は今ではすっかり健康体であった。活動の幅が広がったので、ヴィリバルトに飲んで欲しいハーブティーのレシピも溜《た》まりつつある。

「今日は特に元気だから、ちょっとお菓子でも作ってみようかな」

ここ数日は、家事に加え、料理なども手伝うようになっていた。体は問題なく動くし、眩暈《めまい》を覚えることもないので、大丈夫だろうとアオローラも判断している。

シュトラエルに許可を取りに行くと、キッチンは好きに使っていいと言ってくれた。

「せっかくなので、薬草を使ったお菓子を作ろうかなと思っています」

「それはいい。でも、あまり無理をするんじゃないよ。あと、火はアオローラに任せるように」

「はい。ありがとうございます」

魔道具使用の許可は、まだ下りていない。

優奈は、先日薬草畑からの帰りに見つけたラベンダーの花を使って、お菓子を作ろうと思いついた。

『ラベンダーで何を作るの～？』

「スコーンだよ」

『わお！』

籠《かご》にラベンダーを摘《つ》んだあと、キッチンで調理を開始した。材料は小麦粉にふくらし粉、砂糖、塩、バター、牛乳、ラベンダー。

「アオローラ、かまどを温めておいてくれる？」

『りょ～かい！』

アオローラは魔法でかまどの火を付ける。優奈はエプロンを装着し、腕まくりをして、作業に取りかかった。

まず、小麦粉とふくらし粉をボウルに篩《ふる》う。その中にバターを落としてかき混ぜたあと、牛乳とラベンダーを入れて、手で揉むように生地をこねた。

生地をビスケットの型で抜き、鉄板に並べる。最後に、表面に牛乳を塗り、かまどで二十分ほど焼けば完成となった。

こんがりキツネ色に焼けたスコーンをお皿に盛り付ける。

『うわ、甘くて良い匂い！』

「はいどうぞ。これが、アオローラの分」

『わ～い、やった！』

お皿の上に三つ置いてもらい、喜ぶアオローラ。同じ数を、シュトラエルの分として取っておく。

「さて、お茶会にしますか。シュトラエルさんを呼びに――」

『あ、シュトラエルは村の奥様会に行くって、さっき出かけて行ったよ』

「そうなんだ」

『帰りは夕方だって。ごめん、伝言忘れてた』

そんなわけで、アオローラと二人でのお茶会となった。

『むふっ！　スコーンにラベンダーってどうなのって思ったけれど、おいし～ねえ』

アオローラの感想に、優奈は微笑む。

これはホテルのレストランで菓子職人をしていた時代に、優奈が考えたメニューだった。

「ラベンダーはお肌に良くて、抗炎症効果でニキビを早く治したり、頭痛や筋肉痛を和《やわ》らげたり、いろいろな効能があって――」

お菓子とはいえ、体に良い成分が入っているので、罪悪感なく食べられるのだ。

『だったらこれも、喫茶店のメニューにいいね。きっと、奥様方からの注文が殺到するよ！』

「喫茶店って？」

『ここのこと。ユウナ、お店開くんでしょう？』

「それは……」

『自分のお店を開くことが夢だって言ってたじゃん』

確かにそうだが、まだシュトラエルに言えないことである。

「もうちょっと、しっかり働けるようになったら、言ってみようかなって」

『ユウナは真面目だね』

「いや、それはどうだろう」

実際、ここで喫茶店を開くことができれば、これ以上幸せなことはないと優奈は思っていた。

『あ、このスコーンの残り、ヴィリバルトに持って行けば？』

「そうだね、久しぶりに顔も見たいし」

しかし、シュトラエルに黙って出かけて良いものなのか。優奈が迷っていると、アオローラが留守番を申し出てくれた。

『大丈夫、大丈夫。帰ったら伝えておくよ』

「そう？　ありがとう。だったら、お願いしようかな」

『困ったことがあれば、「アオローラ」って呼んで。すぐに飛んで行くから』

優奈はスコーンと、ラベンダーティーを淹《い》れた水筒を籠《かご》に詰めた。

『じゃ、行ってらっしゃい』

「はい、行ってきます」

初めての、一人でのお出かけである。優奈はドキドキしながら、村へ繋《つな》がる道を歩いて行った。


鮮やかな緑に包まれた景色を堪能《たんのう》しているうちに、村にはすぐ辿り着いた。

「あ、ユウナじゃん」

村の門を抜けた途端に、声をかけられる。近付いて来たのは、栗色の髪を後頭部でお団子状に纏《まと》めた女性。年頃は優奈と同じくらいで、名をアリア・ローテという。食品店『小熊堂《こぐまどう》』店主の一人娘だ。熊のような父親とは違い、細身で背の高い娘である。

「この前教えてもらった薬草酢、おいしかったよ。ありがとう」

最近、父のビリーの食欲がないと相談を受けたので、ドリンク作りに活用できるハーブビネガーを作ってみたらどうかと勧めたのだ。使うハーブは強壮作用があるローズヒップ。癖のあるハーブも酢と合わせたら飲みやすくなる。

「最初は父さんも酢を飲むのかってびっくりしていたんだけど、炭酸水に入れて飲んだら、すっぱいけれど後味は爽《さわ》やかでおいしいって、今は喜んで飲んでるよ」

ローズヒップには美容効果もある。美白作用に、毛穴の引き締め。肌にハリを与えてくれるので、たるみも解消される。そんな効果があるので、ローテ家は今や家族全員でローズヒップビネガーを飲んでいるらしい。

作り方も簡単で、煮沸消毒《しゃふつしょうどく》した瓶にローズヒップと氷砂糖、酢を入れるだけ。一週間くらいおいて綺麗な真っ赤に染まったら、飲めるようになる。

「近所の人にも教えたんだけど、他の家族が飲まないから余らせそうとか、作るのや管理が手間とかで、シュトラエルさんのお店で飲めたらいいのにって言ってたわ」

シュトラエルの喫茶店は五年前に閉店した。村人達の貴重な憩《いこ》いの場であったが、夫の死と、高齢のシュトラエルに後継者がいなかったため、店を畳むしかなかったのだ。

「あそこのパンケーキ、本当、おいしかったんだよね」

このように、村人達とふれあっていると、必ずシュトラエルの店の話が出てくる。優奈はそのたびに、シュトラエルのお店が閉店状態であることに心を痛めていた。

「とはいえ、ここは田舎《いなか》だからね。みんな、商店があるだけありがたいって言っているよ」

通いの商人だけが命綱《いのちづな》だという村も、この辺りでは少なくないとアリアは語る。

「領主様も状況が改善されるように、頑張ってはいるみたいなんだけどねぇ……。まぁ、ちょっと空回り気味の部分もあるみたいだけれど」

この村に来て早二ヶ月。優奈は初めて領主の話を聞いた。村人には普通に受け入れられたためにすっかり忘れていたけれど、挨拶に行ったほうがいいのだろうか。

「アリアさん、領主様って――」

「あ、そろそろ休憩終わりみたい。じゃあね、ユウナ！」

領主について質問をしようとしたのに、アリアは父親に呼ばれて立ち去ってしまった。

タイミングが悪かったようだ。帰宅したらシュトラエルに聞いてみようと気を取り直して、優奈はヴィリバルトの家に向かった。

途中、人とすれ違うたびに、話しかけられる。村人達は突然やって来た優奈にも優しく接してくれるのだ。その理由は、シュトラエルが教えてくれた。ここはその昔、移民を多く受け入れた地で、元からの住民はごく僅《わず》か。今でも、生まれ育った地で暮らせなくなったワケアリの者達がやって来ることも珍しくない。皆、似たような境遇にあったので、外から来る者を温かく受け入れるのだという。シュトラエルもそのうちの一人。家族に結婚を反対され、恋人と駆け落ちしたのだと、先日語ってくれた。身分違いの結婚だったらしい。

ここの村人達は、いろんな事情を抱えている。のどかで楽しいばかりの暮らしではない。

――村人達の心を癒す場所を作りたい。優奈は強く、思うようになっていた。

そうこうしているうちに、ヴィリバルトの家に辿り着く。戸を叩いたが、反応はない。まだ仕事をしているのかもしれないと、優奈は牧場のほうへ歩き出す。

お菓子作りで疲れてしまったのか、微妙にだるさを覚えていた。ヴィリバルトにスコーンを渡したら、すぐに帰らなければ。植物の魔力が豊富な薬草園から出たら、今のように具合が悪くなることが多いのだ。そんなことを考えながら、のどかな道を進んで行く。

結局、ヴィリバルトは牧場にもいなかった。働いていた男衆《おとこしゅう》に、風車小屋のほうにいると教えてもらったので、お礼を言ってその場を後にする。

風車小屋は、牧場の先の風の通る小高い丘にあった。風車の羽根がくるくると回り、強い風でふわりとスカートが膨《ふく》れる。村や牧場よりも強い風が吹く場所だった。

風車小屋の役割は収穫した穀物《こくもつ》を挽《ひ》いて粉末状にすることだ。近くには家が建ち、そこに、粉挽《ひ》き職人が住んでいる。周囲に人の気配はないので、優奈は家へと向かった。

もしもヴィリバルトがいなかったらここの職人さんにお菓子を渡そう。そう思いながら戸を叩く。

「すみませ～ん」

扉から顔を出したのは、なんとヴィリバルトだった。優奈を見て、驚いた顔をしている。

「ユウナ、どうしてここに？」

事情を説明しようとしたところで、びゅうとひときわ強い風が吹いた。

「きゃっ！」

手を掴《つか》まれ、家の中へと引き入れられる。パタンと扉が閉まり、強い風から逃れられたので、優奈は安堵《あんど》した。

粉挽《ひ》き職人の家は、シンプルな造りだった。テーブルに椅子が一脚、食料棚に寝台と、簡易的なかまどがあるだけだ。

中にはヴィリバルトしかいなかったので、疑問に思う。ここには粉挽《ひ》き職人の、パロワという青年が一人暮らしをしていると聞いていたのだ。

風車小屋では十名の粉挽《ひ》き職人が朝から晩まで働いている。皆、村から通っており、パロワ青年のみ、ここで風車番をしているらしい。

優奈はヴィリバルトに質問する。

「ヴィリバルトさん、パロワさんは？」

「故郷のお祖母《ばあ》さんの具合が良くないみたいで、急遽《きゅうきょ》里帰りをすることになったんだ。話が急だったから、代わりの風車番を探している途中なんだけど、今は私が」

「そうだったのですね」

だったら、差し入れはちょうど良かったかもしれない。室内には、すぐに食べられそうな食料があるようには見えなかった。けれど籠《かご》の中のスコーンを手渡そうとした優奈は、急に眩暈《めまい》を覚えてふらついてしまう。

「……っ」

「ユウナ！」

倒れる寸前で、ヴィリバルトが抱き止めてくれた。そのまま横抱きにされ、寝台の上に下ろされる。手にしていた籠《かご》は、テーブルの上に置かれた。

しばしの沈黙。ヴィリバルトが優奈に背中を向けているせいか、微妙に気まずい思いを味わう。彼とは一週間ほど会っていなかったが、もしかしてわざと会いに来なかったのではないか。優奈が何か失礼なことをして嫌われてしまったのか。そんな不安が脳裏を過《よぎ》る。

ヴィリバルトは突然この村にやって来た優奈にも、優しく親身になって接してくれた。なのに自分は、一方的に良くしてもらうばかりで、彼に何も返せていなかった。優奈は深く、反省する。異性との付き合いに慣れていなかったのも原因だろう。

「ヴィリバルトさん、ごめんなさい」

驚いた表情で振り返るヴィリバルトに、重ねて謝罪の言葉を口にした。

「いつも、厚意に甘えてばかりで、お返しできるものもなく……」

言葉が続かず、シュンとなる。一度ヴィリバルトと目が合ったが、すぐに逸《そ》らされてしまった。やはり、嫌われているのかもしれない。

最初は戸惑うばかりであった。ヴィリバルトは、優奈が知る男性の中で誰よりも優しかったから。いつもニコニコしていて、楽しそうに話を聞いてくれる。ハーブティーをおいしいと言って飲んでくれたのも、とても嬉しいことであった。

「あの、ヴィリバルトさん」

面と向かって話をしたくて、立ち上がった。だが、くらりと眩暈《めまい》を覚え、再度寝台に座り込んでしまう。やはり、まだ魔力が足りていないのだろう。

お菓子を作ってすぐに出かけたのも良くなかったのかもと、優奈は自己分析した。

「ユウナ。魔力、また足りていないんだね」

ヴィリバルトの指摘に、優奈は顔を伏せる。また迷惑をかけてしまい、申し訳ない気持ちでいっぱいになった。

「私の魔力、分けてあげようか？」

「え？」

言葉の意味を理解しようとした刹那《せつな》、近寄ってきたヴィリバルトに押し倒される。優奈は魔力切れ寸前のため、抵抗する力どころか、起き上がる力もない。あっさりと、体の上にのしかかられてしまった。

「えっ、あの、ヴィリバルトさん？」

「魔力はね、体液に含まれているんだ。一番濃度が高いのは、血液だったかな？」

ぐっと接近され、すぐ目の前にヴィリバルトの顔がある。

「ねぇユウナ。吸血鬼みたいに、私の血を吸う？」

突然のありえない問いかけに、優奈はふるふると首を横に振った。

「だったら、口から摂取する？　血液ほどの濃度はないけれど、そこそこ元気になると思うよ？」

それは、つまりキスをしろということだろうか。優奈は顔が真っ赤になったのを自覚しながら、再度首を横に振った。

「あの、あの、だ、大丈夫、です。しばらく、安静にしていたら、治ります、ので」

「顔色が悪いし、心配だ」

ヴィリバルトの浮かべる笑みがいつもと違うので、優奈は混乱状態になった。この場所との相性も悪いのか、意識もぼんやりしてくる。けれど、しっかりしなければと自らを奮い立たせ、なるべく彼を刺激しないよう問いかける。

「ヴィリバルトさん、今日は、どうしたの、ですか？」

「ユウナが悪いんだよ？　私には一度も会いに来なかったのに、パロワには会いに来ていたなんて」

状況はよくわからないながら、ヴィリバルトがすねているらしいことは理解した。彼には会いに行かないくせに粉挽《ひ》き職人の青年のもとへは通っていたのだと、勘違いされたのだろう。同時に、ユウナからヴィリバルトのもとへ会いに行けば良かったのだと、今更ながら気づく。

いろんな思いが脳内で錯綜《さくそう》し、ぐるぐると考えがまとまらない状態にあったが、とりあえず誤解を解こうと思った。

「ち、違います。私は、ヴィリバルトさんが、ここにいると聞いて、来たんです。パロワさん……この家の職人さんには、お会いしたことがありません。帰って来た時に、確認を……」

まだ話したいことはあったのに、残念ながらここで、優奈の意識はぷっつりと途切れてしまった。

——養護施設の子ども達には、どこか陰のある者が多かった。

境遇はさまざま。事故で家族を亡くした者。生まれた時から両親がいない者。育児放棄されて施設に引き取られた者。優奈は最初から親がいなかったので、養護施設の中の世界が普通だったが、親を亡くした者達は違った。今まで当たり前のように傍《そば》にいた家族を亡くしたことで、常に愛情に飢《う》えていたのだ。

心を満たす優しい言葉すら知らない優奈に、愛を注ぐ方法なんてわからない。

そんな彼女が知る子ども達を笑顔にできる唯一の方法が、お菓子を作ってあげることだった。

その時だけ、彼らの悲しい目に光が宿るのだ。

ヴィリバルトも、養護施設の子ども達のように、満たされていない者の目をする時があった。

いつも明るく振る舞う彼なので、そんな表情になるのは一瞬である。

だけど、優奈は見逃さない。いったい何があったのか。年若く、育ちの良い青年が、こんな田舎《いなか》の村にいることも不思議でたまらなかった。

優奈ができることは限られている。遊びに来たヴィリバルトを、温かく迎えることだけ。

きっと、多くの悩みを抱えているだろう。助けになりたいけれど、かける言葉を知らない。

だから、おいしいお菓子を作って——

「んん……」

『ユウナ！』

目の前を、白いフワフワが飛び回っている。

「……アオローラ？」

『そうだよ！　あ、シュトラエルに報告に行かなきゃ！　ユウナ、そこで安静にしていてね！』

「安静？」

『そう。覚えてる？　ユウナは昨日、風車小屋で倒れたんだよ』

ここでようやく、意識がはっきりとした。優奈はヴィリバルトにお菓子を持って行き、魔力が尽きて倒れてしまったのだ。

『真っ青な顔をしたヴィリバルトがユウナを抱えてきて、びっくりしたんだから』

「ごめんなさい」

『いいよ！　でも、シュトラエルも心配していたから、呼んでくる』

額《ひたい》に手を当て、はあと溜息。また、周囲に迷惑をかけてしまったと、自己嫌悪に陥《おちい》る。

優奈の頑張りは、昔から空回りすることが多かった。やる気があればあるほど、失敗が増えるのだ。だから何事もほどほどに取り組まなければならないとわかっていたのに。

ドンドンと、階段を急いで駆け上がる音が聞こえた。そして、勢い良く扉が開かれる。

「ユウナ！」

「シュトラエルさん」

「ああ、良かった」

シュトラエルは優奈の傍《そば》に駆け寄り、頬を両手で包み込む。それから、ぎゅっと体を抱き締めた。

フワフワの毛並みが顔をくすぐり、笑ってしまいそうになったけれど、ぐっと我慢する。

「ユウナ、良かった……！」

「ご、ごめんなさい」

「良いんだよ。私の仕事は、ユウナの心配をすることだから」

「心配を、するのが、仕事……？」

優奈は不思議な気分になった。心配するのが仕事とは、いったい？　考えても、よくわからない。

「ユウナ、人に心配をかけてもいいんだよ。甘えることだって、していいんだ」

シュトラエルは優しく語りかけてきたが、一方の優奈は意味がわからず、ぽかんとしていた。

「ああ、ユウナ。あんたは今までどんな環境で育ってきたんだい？」

人に甘えることを知らないなんて、気の毒だとシュトラエルは嘆く。

「……私にとって、それが普通でした」

養護施設では、騒ぎを起こす子どもが多かった。施設で働く大人達はその対応に追われてあちこち駆け回り、苦労している。その様子を見て、ユウナは迷惑をかけないように、心配されないようにと、気を遣うことを覚えた。加えて、その行動を模範的だと褒められたら、それが当たり前なのだと思うのが普通である。優奈は、静かにこれまでの暮らしを語った。

「ユウナ、ユウナ、なんて不器用な子……！」

シュトラエルはボロボロと、涙を流した。

「大丈夫だ。これからは、私がユウナのお祖母《ばあ》さんになろう。遠慮せずに、我儘《わがまま》を言って、私を困らせておくれ」

「シュトラエルさん……」

シュトラエルが優奈の家族になってくれる。嬉しくて瞼《まぶた》が熱くなり、瞬《まばた》きをするとポロリと涙が零《こぼ》れた。

心が、じんわりと温かくなる。この感情を、優奈は知らない。

「ありがとうございます、シュトラエルさん……」

ぎゅっと、抱き締められていた体を抱き返す。

――温かい。

初めて、人の温もりを知った。差し出された手を握り締める。憂鬱《ゆううつ》だった心は、いつしか消えてなくなっていた。

こうしてこの日、優奈に家族ができたのである。


翌朝。薬草園の片隅にある鶏舎《けいしゃ》から卵を取ってきた優奈は、シュトラエルにハーブ入りのオムレツを作ってもらった。

「ユウナ、おいしいかい？」

「とても！」

中に入ったチーズがとろけて絶品だ。

食事の様子を見守られていたことに気づき、赤面《せきめん》する。食欲は以前より、ずっと出てきた。ここでの暮らしの成果だろう。

朝食後からお昼まで、薬草畑の手入れを行う。苗に均一に栄養が行き渡るよう、出たばかりの芽を間引《まび》き、葉に付いた虫を除去して、肥料を与える。一つ一つの作業を、ゆっくりのんびりと行っていく。この広い薬草園をシュトラエル一人で維持していたと聞いた時、優奈は心底驚いた。

「薬草は生命力が強い。女神様の加護もあるから、手入れはほどほどでも大丈夫なんだ」とシュトラエルは言っていたが。

さんさんと降り注ぐ太陽の光。本日も晴天であった。空気をめいっぱい吸い込むと、元気になるような気がして優奈は好きだ。自然の恵みに、今日も感謝した。

お昼ご飯の準備は優奈が担当する。本日のメニューは、鶏肉のトマト煮込みだ。

鶏肉に塩コショウで下味を付けたあと、深型の鍋に油を入れて、刻《きざ》んだニンニク、タマネギ、トマトを炒める。火が通ったら、鶏肉の骨で出汁《だし》を取ったスープと香り付け用のタイム、トウガラシを入れた。

「タイムの効能は強壮、疲労回復、抗ウイルス」

『今のユウナにぴったりな薬草だね』

早く元気になりたい。そう呟きながら、調理を進める。フライパンを取り出し、鶏肉に小麦粉を振って表面がカリッとなるまで炒めたところで、スープに投入。調味料で味を調《ととの》え、しばらく煮込む。タイムは途中で取り除き、お皿にスープと鶏肉を注ぐ。刻《きざ》んだ乾燥タイムを振りかければ、完成だ。シュトラエルが買ってきてくれた焼きたてのパンを添えて昼食の時間となる。

シュトラエルはスープを匙《さじ》で掬《すく》い、ふうふうと冷ましてから一口。見た目通り猫舌のようだ。熱さを警戒して垂れていた耳がピンと立って、細い目が見開かれた。

「うん、おいしい。ユウナはお菓子だけじゃなくて、料理も上手なんだねえ」

「お口に合って、良かったです」

料理を始めたきっかけは、就職をして一人暮らしをしたことだった。初めはカップ麺などで簡単に済ませていたが、疲れが取れない原因は食生活にあるのではと気づいてから、自分で作るようになったのだ。

「せっかくなので、留学時に興味を持った薬草についても、その時勉強したんです」

生理不順に効くローズヒップ、保温効果があるエルダーフラワー、口内炎《こうないえん》を緩和するセージなど、お茶に料理、お菓子作りにとハーブを取り入れた暮らしは、優奈の社会人生活の支えとなっていた。

「そうかい。だったら、ユウナにとって、ここは楽園というわけだ」

「はい。だから、女神様には感謝しています」

穏やかな毎日を優奈は堪能《たんのう》していた。やっと手に入れた幸せなのだから、もう少し元気になったら、さまざまなことに挑戦したい。優奈の望みは尽きなかった。

その日の午後はシュトラエルと共にのんびり過ごした。本を読み、刺繍《ししゅう》をして、三時のおやつの時間には、朝摘みハーブのお茶を飲みつつビスケットを食べる。昼寝休憩から目覚めた夕刻、優奈は洗濯物のシーツを取り入れるために、外に出た。

「ユウナ」

名前を呼ばれたので振り返ると、ヴィリバルトが手を振りながらやって来るところだった。手早く取り入れを済ませて、ヴィリバルトとゆっくり話をしようと動き出した優奈に、待ったがかかる。

「あ、ごめん。シーツはそのままで」

「どうしたんですか？」

「えっと、私はちょっと立場があって、皆とは平等な付き合いをしなければいけないから……」

「え？」

怪訝そうな顔をする優奈に、ヴィリバルトはしどろもどろな説明をする。

どうやらヴィリバルトは、優奈のところにばかり通っていては良くない立場にあるらしい。なので、シーツは取り入れずに、姿を隠すことに使わせてくれとお願いしてきた。

「元気そうで良かった」

「はい、また迷惑をかけてしまったみたいで……。その、先日はありがとうございました」

風車小屋でのことは一応、感謝を伝える手紙は送っていたが、まだ直接お礼を言っていなかったのだ。頭を下げる優奈に、ヴィリバルトはとんでもないと首を横に振る。

「いや、私も悪かった。風車について、あまりよく理解していなくて……」

彼の説明によると、風車もまた巨大な魔道具なのだという。

「風車小屋だけでなく、粉挽き職人《ひ》の小屋にも魔法陣《まほうじん》があってね。そこに立った人の魔力を消費して風車が動くようになっているんだ」

家に入った途端、優奈が脱力するように倒れてしまったのは、知らずに魔法陣《まほうじん》を踏んで、風車に魔力を吸い取られたからだったのだ。

「それで……」

ヴィリバルトに優しく手を掬《すく》い上げられ、腕に何かが巻かれる。それは細い蔓《つる》を編み、小粒の水晶を石包みにした腕飾りだった。

「水晶は、魔力を溜《た》め込んでおけるんだ。身に着けておけば、体に魔力を流してもくれるんだよ」

これで大丈夫だと、ヴィリバルトは微笑む。そして優奈の手を握り締め、口元に持って行くと、水晶に口付けした。突然の行動に優奈は驚いたが、それには理由があったらしい。

「私の魔力、こうしてユウナにあげるね」

目を細め、色気のある笑みを浮かべるヴィリバルト。優奈の頬は真っ赤に染まった。

水晶の贈り物にキス、それから魔力の譲渡《じょうと》。本場のイタリア人男性でも、ここまでしてはくれないだろう。優奈は混乱状態になった。あたふたしながら、質問する。

「な、なぜ、ヴィリバルトさんは、こんなに親切なのですか？」

「ユウナだから」

答えてはくれたけれど、その意味が優奈には理解できない。

「わからない？」

「はい、正直に言えば」

「そうだな……一番の理由は、パンケーキを作ってくれたこと、かな。ほら、ほぼ初対面の他人の思い出話なんて、つまらないでしょう？　でも、ユウナは私の話をじっくり聞いてくれて、さらに、思い出のパンケーキを再現してくれた。すごく嬉しかったんだ」

それは、優奈にとっても喜ばしい記憶だ。ヴィリバルトは、パンケーキを食べて、嬉しそうにしてくれた。自分のお菓子は、誰かを笑顔にすることができるのだと、優奈が実感した瞬間である。

「なんだろう。パンケーキのご縁って言ったらいいのかな」

「素敵ですね、パンケーキのご縁」

二人は見つめ合い、微笑んだ。改めて、ヴィリバルトにお礼を言われたので、優奈も同じように頭を下げる。

「と、いうわけでこれからは、なるべく毎日、魔力を分けにやって来るから」

「え、あの、ですが、特定の人にばかり会えない立場にあるって……」

「うん。でもユウナの体調が心配だし、何より私が会いたいんだ。だから今日みたいにこっそり、ね」

パチンと片目を瞑《つぶ》ったヴィリバルトに、優奈は思わず目を奪われた。

「じゃあね、ユウナ。また明日」

そう言って、ヴィリバルトは去っていった。腕の水晶飾りを見て、さらに先ほどの口付けを思い出し、優奈はさらに真っ赤になる。

恐るべしイタリア人――と、思うしかなかった。


ヴィリバルトからもらった腕飾りの効果は絶大だった。

効率良く魔力を取り込めるおかげで、優奈は力尽きることなく動き回れるようになったのだ。その変化にシュトラエルも驚いていたが、優奈がヴィリバルトに腕輪をもらったことを話すと、なぜか呆れたとでも言いたげに溜息をついていた。

今日は薬草畑の手入れをしたあと、昼食を作り、お菓子も焼いた。二階の窓を開き、澄んだ薬草園の空気を吸い込む。健康な体とはこうも素晴らしいものなのかと、実感する。と、眼下にシュトラエルが通りかかった。薬草園に行っていたようで、両手にハーブをたくさん抱えていた。

「シュトラエルさん、窓を拭き終わりました！　次は、何をしますか？」

「ユウナ、無理をするんじゃないよ」

「はい。でも、体を動かせるのが嬉しくって」

働きたくてたまらない優奈が次に与えられた仕事は、一階の元喫茶店スペースの、ワックスがけの手伝いだった。

「これを、床によおく塗るんだ」

そう言ってシュトラエルはワックスの瓶を優奈に手渡す。瓶にはシュトラエルの文字で、「※床用、食べるな！」と書いてあった。

「〝食べるな〟？」

「ああ、そうだよ。それは蜂蜜——蜜蝋《みつろう》でできているからね」

シュトラエルは手作りワックスの作り方をざっくりと説明する。

「まず、乾燥させていたラベンダーを湯に浸《ひた》す」

使うハーブは抗菌殺菌作用のあるラベンダー。湯に浸《つ》けた状態でしばらく放置し、浸出油《しんしゅつゆ》を作る。

「次に、オリーブオイルと蜜蝋《みつろう》を瓶に入れて湯せんで溶かす」

現在、養蜂業《ようほうぎょう》が盛《さか》んな農地が嵐に遭《あ》った影響で、蜜蝋《みつろう》は高騰《こうとう》している。来年の分は作れないだろうと、シュトラエルはぼやいていた。

「ラベンダーの浸出油《しんしゅつゆ》に粉末石鹸《せっけん》を入れて混ぜる。それを、溶かした蜜蝋《みつろう》の中に流し込む」

石鹸《せっけん》を入れることによって、乳化という作用が起き、蜜蝋《みつろう》がクリーム状に変化するのだ。

さらに五分から十分混ぜ合わせ、粗熱《あらねつ》が取れたらローズマリーの精油を入れる。

「ローズマリーには防腐効果や防虫効果がある」

ここでも、ハーブの力が最大限発揮されることになるのだ。

「薬草の使い道って、食べるだけじゃないんですね」

「そうだね。衣装ケースに入れて防虫剤代わりにしたり、湿布を作ったり、靴の消臭剤に使ったり」

優奈はせいぜい、ハーブティーを飲んだり、料理に入れたりする程度だった。さまざまな活用法を聞き、目から鱗《うろこ》が落ちた気分になる。話が済んだところで、二人は作業を開始した。

まず、優奈が床を箒《ほうき》で掃《は》き、そのあとをシュトラエルが水拭きする。床が綺麗になったら、上からワックスを塗っていく。

「薄く伸ばすように塗るんだよ」

「はい、わかりました」

二人がかりで、ワックスを塗っていく。ワックスを二度塗りした床はピカピカになり、ハーブの爽《さわ》やかな香りが漂《ただよ》っていた。

「はあ、気持ちいいですね」

「ああ。ありがとうね。手伝ってくれて。ユウナがいてくれて助かったよ」

「お役に立てて、良かったです」

一仕事終えたので、お茶の時間にすることにした。天気が良いので庭先に敷物を広げ、シュトラエルとアオローラ、優奈の三人でお茶とお菓子を囲む。本日のお菓子は、ナッツとキャラウェイのクッキー。爽《さわ》やかで甘い香りのするキャラウェイには、消化促進、健胃《けんい》作用などがある。ナッツは炒《い》っておいたので、香ばしい風味がした。

朝方、胃がもたれているとシュトラエルが言っていたので、お昼ご飯と一緒に作ったのだ。

『キャラウェイ、ちょっとピリッとするけれど、おいしいね』

すっかり食いしん坊妖精と化したアオローラが、クッキーを嘴《くちばし》で突きながら感想を言う。

「しかし、ユウナのお菓子は本当においしい。私達だけで楽しむのは、もったいないねえ」

しみじみと言うシュトラエルに、優奈の胸がどきんと鼓動する。

――今、言ってもいいだろうか。ここで、喫茶店を始めたいと。

優奈は逡巡《しゅんじゅん》する。体力は保つのか。客は来るのか。シュトラエルのパンケーキの味を、継がせてもらえるだろうか。さまざまな思いが、浮かんでは消化しきれずにくすぶっていく。

『ユウナ』

アオローラが優奈の名を呼んだ。つぶらな目は、今がチャンスだと言っているように思えた。そして、太陽の光を受けて、キラリと輝く水晶。それが、大丈夫だよと応援してくれている気がした。

優奈は顔を上げ、まっすぐシュトラエルを見る。

「あの、シュトラエルさん」

「なんだい？」

ありったけの勇気を振り絞り、優奈は願いを口にした。

「私、ここで喫茶店を開きたいんです！　この薬草園のおいしいお茶を、村のみなさんに飲んでもらいたい。シュトラエルさんのパンケーキを食べてもらいたい。だから、私に味を継がせてくれませんか？」

シュトラエルはぽかんとしていた。驚きのあまり、尻尾がピンと立っている。

「どうか、お願いいたします！」

優奈は頭を下げた。シュトラエルが困っているかもしれないという考えが、ちらりと脳裏を過《よぎ》る。けれど、家族の願いだ。我儘《わがまま》を言ってもいいと諭《さと》してくれたシュトラエルならきっと――

沈黙に耐えきれず、伏せていた顔を上げた。

シュトラエルは、目を丸くして優奈を見ている。

「本気なのかい？」

「はい。夢なんです。私の」

女神は優奈の、お店を開きたいという望みを叶えて、この地に運んでくれたのだ。それを無駄にしてはいけない。

「村の人達は、今もシュトラエルさんのお店を愛しています。パンケーキの話も、何度も聞きました。だから、もう一度、私がお届けできたら、嬉しいな、と――きゃっ！」

優奈はぎゅっと、シュトラエルに抱き締められる。驚いて言葉を失った。

「ユウナ、あんたって子は！」

これは喜んでいるのだろうか。傍《そば》のアオローラを見ると、左右の羽根を広げて丸を作ってくれた。

「で、では……」

「ああ、ありがとう、ユウナ。この喫茶店は、私の生きがいだったんだ。再び開店できるのならば、これ以上嬉しいことはない」

「よか、った……」

心から安堵《あんど》する。シュトラエルは優奈の手を握り締め、これから一緒に頑張ろうと言った。

「こちらこそ、よろしくお願いします」

こうして、優奈とシュトラエルによる、喫茶店復活計画は幕を開けた。


夕方。薬草園の裏手の木陰で、優奈はヴィリバルトと話をしていた。

「喫茶店を開けることになったんだ。良かったね」

「はい。そうしたら、ヴィリバルトさんも堂々とお店に来ることができますね」

「こうして、人目を憚《はばか》るのも、ドキドキして楽しかったんだけれど」

そう言って、優奈の指先を優しく掬《すく》い上げると、水晶に口付けをした。これは優奈に魔力を与える行為で、他意はない。なのに、いつまで経《た》っても慣れない優奈は、常に真っ赤になってしまうのだ。水晶から唇を離したヴィリバルトは、じっと、優奈の顔を覗《のぞ》き込む。口元が孤《こ》を描《えが》き、美しい顔で微笑みかけられた。

その笑みには、魔性《ましょう》の魅力があり、優奈は魂を抜き取られるのではないかと思った。熱い視線に耐えきれず、無理矢理話題を作る。

「あ、あの、お菓子、作って来たんです」

持参した包みを、ヴィリバルトに差し出した。

「ありがとう。今日は何を作ったの？」

「チョコレートミントのシフォンケーキです」

「今食べても良い？」

「ど、どうぞ」

ヴィリバルトはすぐに包みを開き、カットされたケーキを、頬張る。

「しっとりフワフワで、おいしい。後味が爽《さわ》やかで、大人の味だね」

ヴィリバルトは少年のようににっこりと微笑む。これはお菓子を食べた時にだけ見せてくれる、特別な表情。優奈が一番好きな笑顔である。思わず、優奈の頬も緩《ゆる》んだ。

「そっか。私のユウナから、みんなのユウナになってしまうのか。そう考えると、ちょっと寂しい」

ふいに、ぎゅっと手を握られる。

「ユウナ、元の世界に、恋人はいた？」

いきなりとんでもない質問を受けて、優奈は唖然《あぜん》とした。恋人なんかいないと、首を横に振る。

学生時代から社会人になるまで何度か告白を受けたことはあったが、優奈は全部断っていた。

「勉強のことで頭がいっぱいで、お付き合いする暇もなかったので」

強引に迫られたこともあったので、なんとなく異性に対して一歩引いた態度を取っていたのだ。

「もしかして、男が苦手？」

「いえ、どういうお付き合いをしていいのか、わからないといいますか」

けれど、ヴィリバルトは初対面の時から平気だった。顔立ちが整いすぎている上、いつも朗《ほが》らかで、おっとりしているので、宗教画の美しい天使を見ている気分でいたのかもしれない。

「私のことは嫌い？」

「いえ、そんなことは……」

想定外の質問をされて、胸がドキンと高鳴る。なんとか言葉を返したものの、優奈はさらなる追撃を受けることになった。

「だったら、好き？」

優奈は目を丸くした。それは、友達としての「好き」なのか、それとも異性としての「好き」なのか。どう答えていいのかわからず、思わず目が泳いでしまう。

「……なんてね。今のは忘れて」

そんなことを呟きつつも、ヴィリバルトは驚きの行動に出た。なんと優奈の前髪をかき上げ、額《ひたい》にキスをしたのだ。それは一瞬の出来事だった。びっくりした優奈は、唇が触れた場所を押さえた。

「ヴィ、ヴィリバルトさん、今のは……？」

「祝福だよ。この世界では、祝福したい相手の額《ひたい》にキスをするんだ。頑張るユウナに、応援の意味を込めて」

「そ、そうなのですね」

言われてみれば、女神も優奈の額《ひたい》にキスしてくれたことがあった。あれと同じものなのだと気づいた優奈は、自分だけが意識してしまったと、恥ずかしくなって目を伏せた。

「そろそろ帰ろうかな」

「あ、はい。今日も、ありがとうございました」

ヴィリバルトは手を振って、村へと帰っていく。優奈は、顔の火照《ほて》りが収まったら帰ろうと思った。

第二章　喫茶店、開店します？

翌日から、ユウナのパンケーキ修業が始まった。厨房《ちゅうぼう》に立つのは、優奈とシュトラエル。アオローラはカウンター席で見守っていた。

「では、今からパンケーキの作り方を教えるよ。……と言っても、ユウナは菓子職人だ。そこまで難しいことはないだろう」

『ユウナ、がんばれ～』

アオローラの声援に、優奈はコクリと頷《うなず》いた。最初に、道具の説明を受ける。

「一番重要なのはこれさね」

シュトラエルがポン！　と叩いたのは、喫茶店の厨房《ちゅうぼう》に鎮座《ちんざ》していた、布を被《かぶ》せられた何か。実はずっと気になっていたのだが、シュトラエルの「触るな！」という張り紙のメッセージを守って、触れずにいたのだ。はらりとその布が、取り払われる。それは、優奈にも馴染《なじ》みのある品だった。

一見するとガラス張りの大きな箱のように見えるが、内部にボウルと、三本の泡立て器が上部から吊るされている。業務用のミキサーとそっくりなそれは、やはり同じ機能を持っていた。動力源は魔石。他の魔道具同様、刻《きざ》まれている呪文を指先でなぞって起動させる仕組みである。一気に五人分のメレンゲを作れるらしい。優奈はほっとした。実はメレンゲを一日中泡立て続けることも覚悟していたのだ。でも、これがあれば、手首の動かしすぎで腱鞘炎《けんしょうえん》になる心配もない。シュトラエルは次なる道具を紹介する。

「パンケーキはこれに入れて焼くんだよ」

シュトラエルが引き出しの中から取り出したのは、パンケーキの型。

「なるほど。フライパンではなく、かまどで焼いていたのですね」

「そうさ」

だから、あれだけ分厚いパンケーキにすることができたのかと、納得する。

「道具はこんなもんか」

材料は小麦粉、卵、砂糖、牛乳、レモン、バターと、普通のパンケーキと変わらなかった。

「まず、メレンゲを作るんだ」

卵を卵黄と卵白《らんぱく》に分け、卵白《らんぱく》のみミキサーのボウルに入れる。

「魔道具をここで起動」

シュトラエルの魔力で動くミキサーが、くるくると卵白《らんぱく》を攪拌《かくはん》する。透明から白に色が変わってきたら、砂糖とレモン汁を加え、再び起動。シュトラエルがメレンゲを作っている間に、優奈は卵黄と牛乳をボウルに入れて混ぜておいた。

「メレンゲができたら、卵黄と牛乳を混ぜた液を入れて、木べらを使ってさっくりと」

混ぜ合わせた生地は、内側にバターを薄く塗った型に流してかまどで焼く。十五分ほどで完成だ。

「おいしそうですね」

「ああ、温かいうちにおあがり」

四角く切ったバターを落とし、上から蜂蜜を垂らす。優奈はナイフをパンケーキに沈めた。一口大に切り分けて食べると、口の中でしゅわりと淡雪《あわゆき》のように消えるパンケーキ。素朴で優しい甘さが、広がった。優奈の頬は自然と緩《ゆる》む。

「おいしいです」

「そうかい」

しかし、問題もあった。蜂蜜の残りが、小さな瓶の半分以下になっていたのだ。

「蜂蜜は、今もまだかなり高騰《こうとう》しているんですよね？」

「ああ、そうなんだよ」

探しに行けば森にも蜜蜂の巣はある。けれど、素人が手を出すのは危険な作業だ。

「代わりの物を考えるしかないねえ」

「ジャムとかシロップとか、ですか？」

とりあえず、冷蔵庫にあったリンゴジャムをかけてみる。優奈はおいしいと思ったが、シュトラエルの反応は微妙だった。やはり、パンケーキには蜂蜜しかないと呟いている。

「まあ、ないものは仕方ない。いろんなジャムを作って、試してみるしかないね」

その後、教わった手順で優奈もパンケーキを作ってみる。

「うん、やっぱり上手だね」

「ありがとうございます」

あと数回練習を重ねれば完璧だと、シュトラエルは評してくれた。

「ただ、問題は蜂蜜だねえ」

何か代わりになる良い物はないものか。考えたが、すぐに妙案など浮かんでくるわけもなかった。


お昼過ぎ、優奈は作ったパンケーキを籠《かご》に詰めて、ヴィリバルトの家に向かう。戸を叩くと、ひょっこりと顔を出す金髪碧眼《へきがん》の青年。今日も美しい笑みを優奈に向ける。

「ユウナ、どうしたの？」

「先ほどパンケーキを焼いたので、どうかなと思いまして」

「すっごく嬉しい。ありがとう」

せっかくなので、どこかで食べないかと誘われた。

「森の中に、綺麗な湖があるんだ。幼い頃に行ったきりで、久々なんだけど」

「いいですね」

ヴィリバルトの家からはそこまで遠くないところらしいので、二人は森の中の散歩を楽しむことにした。木漏れ日が差し込む道を歩きながら、今日の成果をヴィリバルトに報告する。

「そっか、パンケーキは上手く焼けたんだ」

けれど、蜂蜜がないので、現在はメニューとして成り立たない状態であることを告げる。

「王都でも、やはりパンケーキには蜂蜜をかけるのですか？」

「う〜ん。どうだろう。というか、パンケーキって庶民の食べる物で……」

ヴィリバルトはそこまで言うと、ハッと口を噤《つぐ》む。その発言から、ヴィリバルトが高い階級にあることが窺《うかが》えたが、優奈はあえて詮索しなかった。なんとなく、触れないでほしいという雰囲気を感じたのだ。

「ユウナの国では、どんな食べ方をしていたの？」

「そうですね。人気店のパンケーキは、こう、山のようにホイップクリームを盛り付けて」

「そ、そうなんだ。斬新《ざんしん》だね」

ここの世界では、パンケーキに生クリームを載せて食べる習慣はないようだった。

「そもそも、生クリームは王都でしか生産していないんだ」

バターやチーズと違って、生クリームはどこでも作れる物ではない。

「生クリームを作るには特別な遠心分離機《えんしんぶんりき》を使うんだけど、その魔道具が高価なんだ」

よって生産コストが上がり、単価も高くなる。

「それに、いちいち泡立てなければ使えないだろう？　庶民の人達は忙しいから、そこまでして食べようと思わないんだよね」

よって、生クリームは貴族の、中でも時間とお金に余裕のある人達が好む物となっていた。

この世界には貴族制度が強く根付いているらしいことを、優奈はこの時初めて知った。それで、貧富の差も激しいのだろう。

「この村は乳製品が豊富に取れる。だから、私も生クリームの生産を始めたらどうかと提案したんだけれど、この辺で作っても王都へは運べないし、村では誰も買わないって言われたんだよね」

生クリームのケーキはとてもおいしいのに、食べる習慣がないとは。優奈は切ない気持ちになった。

「他には、どんな食べ方をしていたの？」

「他は特に……あ、目玉焼きやベーコンを載せる食べ方もありました」

「甘いパンケーキに、目玉焼きとベーコン？」

「はい。しょっぱいと甘いの組み合わせは、意外と合うのですよ」

それに、パンケーキ自体はもともとそこまで甘くない。どんな食材にも合う食べ物なのではと思う。そんな話をしていると、ひと際《きわ》強い風が吹いた。ザワザワと、枝と葉が揺れる。

ここで、ふわりと甘い匂いが漂《ただよ》ってきた。

「え？」

「ユウナ、どうしたの？」

森に広がる豊かな木々。その間を吹き抜ける風から、蜂蜜のような甘い香りがする。

優奈は香りの根源らしき木に駆け寄って確認してみた。見た目はごく普通の木である。なのに、鼻を近づけると、蜂蜜に似た香りがした。優奈は後ろにいたヴィリバルトを振り返り、問いかけた。

「――あの、ヴィリバルトさん！　これ、なんていう木かわかります？」

「ごめん。木については、あまり詳しくなくて……」

しかし、この木は水分が多く、薪《たきぎ》にも家具作りにも適さないので、誰も使わないと話してくれる。

「もしかしたら、メープルシロップのように甘い樹液が採《と》れるかも」

「メープルシロップ？」

メープルシロップを知らないらしいヴィリバルトに、優奈は簡単に説明した。

「木から採《と》れる甘い樹液なんですけれど」

「そうなんだ。初めて聞くよ、移民のシュトラエルか、ユウナの妖精なら何か知っているんじゃないかな」

「あ、そうでした。『アオローラ』！」

その途端、地面にキラキラと光る幾何学模様《きかがくもよう》――魔法陣《まほうじん》が浮かび、真っ白でフワフワの小鳥が出現した。

『ハァイ！　ユウナ、呼んだ？』

「ええ、急にごめんなさい。アオローラに聞きたいことがあるの」

『ナニナニ？』

女神が言っていたことを、優奈は今更思い出していた。そういえば、アオローラには鑑定《かんてい》の能力があったのだ。

「この木、なんて植物かわかる？」

アオローラは木の前に羽ばたいていくと、カッと目を見開いた。どうやら鑑定《かんてい》中らしい。結果はすぐに出た。

『これは、蜂蜜樹《メルツリー》って名前の木だよ。蜂蜜みたいな味のする樹液が採《と》れるみたい』

「ほ、本当に？」

間違いないと頷《うなず》くアオローラを両手で掬《すく》い上げ、優奈は優しく頬ずりする。

「ありがとう、アオローラ！」

『ええ？　なんか照れる～……おっと寒気が』

正面からの鋭い視線に、アオローラはぶるりと震えた。優奈の背後にいるヴィリバルトと目が合ったのだ。首を傾《かし》げる優奈に、アオローラはぶんぶんと首を横に振る。

『いやいや、なんでもない！　ちょっと用事を思い出したから、シュトラエルの家に戻るね。じゃ！』

「ごめんなさい。忙しい時に呼んじゃったのね」

『大丈夫、大丈夫。困った時はいつでもど～ぞっ！』

アオローラはパタパタと飛んで行った。帰りは魔法陣《まほうじん》で移動できないのだろうか。そんなことを思いつつ、優奈はじっと、蜂蜜樹《メルツリー》の木を見つめる。

メープルシロップのように樹液を採取できたら、蜂蜜代わりになるかもしれない。あれこれと調べているうちに、空は茜色《あかねいろ》に染まっていた。ヴィリバルトからそろそろ帰ろうかと声がかかる。

「あ、すみません。つい、夢中になってしまって」

本来なら、湖に行ってパンケーキを食べる予定だったのに、蜂蜜樹《メルツリー》を見つけたことで、すっかり忘れてしまっていた。

「いいよ。ユウナが楽しそうだったから」

平謝りする優奈を、ヴィリバルトは笑って許してくれた。彼はいつもそうだ。魔力切れを起こし倒れた時も、ハーブティーのブレンドが失敗した時も。忙しくて待ち合わせの時間に遅れた時だって、一度も怒ったためしがない。

「あの、ヴィリバルトさんは、どうしてここまで私に良くしてくれるのですか？」

もう、「イタリア人みたいな気質だから」で片付けていい態度ではない。ヴィリバルトは優奈が今まで出会った中で最も寛大で、心優しく、穏やかな男性だった。

けれどつい先日、優奈は小熊堂の娘アリアに、ヴィリバルトと仲が良いねと言われた。そこで発覚したのは、ヴィリバルトは全ての女性に優しくしているわけではないということだった。なので、優奈は問いかけた。どうして、自分にはこんなに親切なのかと。

「そうだな。ユウナが、なんとなく放っておけないから、かな」

いつ見ても働いているので、心配になるらしい。魔力切れを起こしていないか、きちんと休憩を取っているのか、と。

「でも一番は、ユウナが可愛いからだと思う」

「可愛い!?」

「そう、ユウナは可愛いよ」

表情がくるくる変わるところだったり、お菓子とハーブについて話し出すと突然情熱的になったり、お菓子を食べる様子を嬉しそうに眺める笑顔だったり。そういうところが特に可愛いのだとヴィリバルトは笑った。

「私はユウナと一緒にいて楽しんでいるから、気にしないでほしい」

「……はい」

顔が火照《ほて》るのを自覚した優奈は、聞かなければ良かったと後悔する。

「それから――」

ヴィリバルトは優奈の瞳を覗《のぞ》き込む。

「ユウナのこの黒い目、知り合いの目の色にそっくりで、少し懐かしい気持ちになる。ベルバッハ公爵……ルッツ・ヴェンツェルという人なんだけど」

ここで、ドキンと胸が大きな鼓動を打った。「ベルバッハ公爵」――それは優奈の実の父の名前である。額《ひたい》に、じわりと汗が浮かんだ。ヴィリバルトは、優奈の父親の知り合いなのか。そしてこの世界に優奈の両親がいることを実感してしまい、胸がツキリと痛んだ。

「この世界では、黒い目がとても珍しくてね」

「そ、そうなのですね。私のいた国では、黒目黒髪が普通だったのですが」

「へえ、それは、不思議な世界だ」

黒髪に黒目。一般的な日本人の特徴である。

「でも、ユウナの髪色は茶色だね」

「はい、生まれつき、この色で……」

「実は、ベルバッハ公の一人娘が、二十三年前に神隠しにあったという話を聞いたことがあるんだ。ユウナも二十三って言っていたし、面影《おもかげ》がどことなく、姉上に似ているような気も……」

「姉上？」

「え？　いや、なんでもない。忘れて」

何か引っかかる物言いだが、優奈もこれ以上ベルバッハ公の話を掘り下げられたら困るので、口を噤《つぐ》むことにした。

「ユウナ、そろそろ帰ろうか」

ヴィリバルトは、ごくごく自然に、優奈の腰を抱いて歩き出す。

こういう対応に慣れていない優奈は、これがこの世界のエスコート方法なのだと必死に自分に言い聞かせる。同時に、具合の悪い人限定とはいえこんなに優しくしていては、将来彼の奥さんになる人は苦労しそうだなと思う。

この心優しい青年は、誰と婚姻を結ぶのか。

そう考えると、なぜか心がもやもやとしてしまう。今まで感じたことのない、不可解な感情だった。

「ユウナ、何を考えているの？」

「いいえ、何も」

今はそれより、パンケーキにかける蜜について考えなければならない。優奈は蜂蜜樹《メルツリー》の並木を、歩きながら見つめる。

「ユウナ、この木からどうやって蜜を採取するんだい？」

「確か、木に穴を開けて管《くだ》を入れると、自然と滴《したた》ってくる……と聞いたような」

「なるほど。さっそく試してみる？」

「いいのですか？　幹を傷つけてしまいますが。この森の木は領主様のものですよね？」

「大丈夫。誰も使わない木だし、傷ができても魔法で癒《いや》せるから」

そんなわけで、帰る前に樹液の採取実験を行うことになった。

ちょうどいい道具があると言ってヴィリバルトが自身のベルトから引き抜いたのは、木製の持ち手に長く鋭い針の付いた錐《きり》である。牧場の柵の修理などに使うため、いつも持ち歩いているらしい。

「どこから採取すればいい？」

「えっと……」

その辺りの詳しいことまでは残念ながら覚えていなかった。テレビでやっていた内容を、ぼんやり覚えている程度だったからだ。

「わかった。じゃあ、試しに下のほうに穴を開けてみるよ」

ヴィリバルトは木の前にしゃがみ込み、幹に錐《きり》を当ててくるくると回す。開いた穴には枝を差し込み、地面に革袋を広げて滴《したた》った樹液を受け止められるようにした。二人はしばらく穴をじっと眺めていたが、樹液が出てくる気配はない。ただ、幹を傷つけたことで、甘い蜂蜜の香りはより濃く周囲に漂《ただよ》った。とりあえず、このまま一晩様子を見ることにする。ヴィリバルトは優奈をシュトラエルの家まで送ってくれた。

別れ際に水晶にキスをしてもらい、魔力を受け取る。恭《うやうや》しく手を取る様子は、姫君に傅《かしず》く騎士のようだった。見ていると照れるので、優奈は顔を逸《そ》らした。

空の茜色《あかねいろ》が、夜の闇色に地平線へと追いやられていく。気づけばすっかり暗くなっていた。

「ヴィリバルトさん、今日はありがとうございました」

「こちらこそ、パンケーキありがとう。またね、ユウナ」

手を振って別れる。ドキドキから解放されてホッとしたけれど、それはそれで寂しく感じるのはなぜだろう。

この感情は何なのか。考える暇もなく、優奈は次の仕事に取りかかった。

夕食はゴロゴロ野菜のスープと聞いて、優奈はシュトラエルの手伝いをすることにした。

タマネギ、トマト、ニンジン、カブを大きな角切りにし、鍋に入れる。シュトラエルは一列に繋《つな》がるソーセージを保冷庫から取り出した。ソーセージとソーセージの境目《さかいめ》を、はさみでブツンブツンと切って鍋に豪快に投入する。煮立ってきたら、パプリカと粉末のクミン、ターメリックを入れてさらにひと煮込み。灰汁《あく》を取ったあと、黒胡椒《くろこしょう》、ローリエ、塩、仕上げにバターをひと欠片《かけら》入れたらでき上がりだ。

「カレーみたいでいい香り」

『カレーに使うスパイスが入っているの？』

「そうだよ。これはクミンとターメリック、ローリエあたりの香りかな？」

クミンは消化器官を刺激し、食欲を増進させる。ターメリックは「鬱金《ウコン》」という名で漢方薬としても使われており、免疫力を高める効果や、美容効果が期待できるのだ。

「ローリエは冷え性改善、とかだったかな」

『まとめると、これは綺麗で健康、ポカポカになれるスープってこと？』

「そうかもね」

スープを皿によそい、テーブルに運ぶ。そこへ、朝にシュトラエルが焼いたパンと、優奈の作ったベルガモットのジャムを並べれば、食卓は完璧に整った。

この世界では、食前に女神への祈りを捧《ささ》げる習慣がある。それに倣《なら》って、優奈も胸の前で手と手を合わせ、穏やかな生活と、豊富なハーブ、おいしい食材を女神に感謝した。

『ユウナ、シュトラエル、食べよ、食べよ！』

「ああ、たんとお食べ」

「いただきます」

まずは三人でワイワイ言いながら作ったスープを、ふうふう冷まして一口。

「スパイシーでおいしいです！」

『結構ピリッとしているかも。おいし～ねえ』

「そうかい」

今度はフォークでソーセージを刺す。噛めばパキリと皮が弾《はじ》け、肉汁《にくじゅう》が溢《あふ》れてくる。香草《こうそう》を利かせたソーセージには、スープの味が染《し》み込んでおり、絶品だった。野菜はホクホクで、噛むとじわりと甘さが滲《にじ》みでてくる。額《ひたい》に汗を掻《か》きながら、三人ともはふはふと食べ進める。

アオローラは三杯お代わりした。小食のユウナも、一回お代わりする。

「二人共、気持ちいいくらい食べてくれたね」

「とてもおいしかったです」

『ユウナと同じく！』

翼を広げて挙手するアオローラを横目に、この小さな体のどこに食べ物が吸収されているのかと、優奈は不思議に思った。

『……ユウナ、何かな？』

「いや、なんでも」

気にしたら負け。考えないことにした。

食後はハーブティーを淹《い》れる。脂肪分解の効能があるアーティチョークに、消化機能を促進させてくれるハイビスカス、代謝促進効果のあるルイボスなど、乾燥したハーブを数種類ブレンドして紅茶を入れた。少し渋いので、シュトラエルは蜂蜜を持って来て、皆の分に垂らす。

『おお、貴重な蜂蜜ハーブティーだ』

「惜しんでいても仕方がないからね」

蜂蜜を見たユウナは、今日見つけた蜂蜜樹《メルツリー》のことを話してみることにした。

「あの、シュトラエルさん、蜂蜜樹《メルツリー》はご存じですか？」

「ああ、知っているよ。生まれ育った村では、よく作っていた」

優奈は森で蜂蜜樹《メルツリー》を見つけたことについて話し、採取の方法を教えて欲しいと頼んでみた。

「ユウナ、残念だけれど、村の蜂蜜樹《メルツリー》では、樹液を採ることはできないだろう」

「どうしてですか？」

「この辺は一年中温かくて、雪が降らないからだよ。蜂蜜樹《メルツリー》の樹液は寒い地域でしか採《と》れないんだ」

ここ、緑竜《りょくりゅう》が守護する国ウィリティスは、冬のないのどかな場所である。一方、シュトラエルが生まれ育ったのは、白竜《はくりゅう》に守護され、多くの獣人が住む北国アスプロスだった。

「アスプロスはほぼ一年中冬なのさ」

「そんな国があるのですね」

「ああ。夏は一ヶ月くらいしかないよ。環境も冷たい、住む人も冷たい。それが嫌になってねえ。夫の身分が低かったから駆け落ちすることにしたんだけど、どうせなら暖かい国に行こうってことで、ウィリティスにやって来て……」

最果ての地は、異国人であるシュトラエル夫婦を温かく迎えてくれた。

「それで、ここの前の住人の方と出会った、ということですか？」

「そうだね」

もう、ずいぶんと昔の話だと言う。喫茶店は、その女性と夫の三人で開いた思い出の店なのだと、懐かしそうにシュトラエルは語った。

「彼女はユウナと同じ異世界人で、アマンダという名前だった」

「アマンダさん……」

異世界人と聞いてもしや、同じ日本人ではないかと優奈は思ったが、違ったようだ。名前の響きから、アメリカやヨーロッパの人ではと考える。

「ああ、すまない。蜂蜜樹《メルツリー》から、話が逸《そ》れてしまったね。蜂蜜樹《メルツリー》は夏に作ったデンプンを養分として蓄《たくわ》え、糖化《とうか》させるんだ。冬の寒さを生き残るための進化だろうね」

さらにアスプロスには夏季に、白夜《びゃくや》と呼ばれる、太陽が沈まない時期がある。その際に、養分をたっぷりと蓄《たくわ》えるらしい。

「だから、暖かいここの地域では、蜂蜜樹《メルツリー》から樹液が作られる環境にないと……」

「もしかして、蜂蜜樹《メルツリー》の樹液を蜂蜜代わりにしようと思っていたのかい？」

「はい……」

残念だけれど、輸入品なども期待しないほうがいいとシュトラエルは続けた。ウィリティスとアスプロスの国交は微妙らしい。

がっくり肩を落とすユウナを、シュトラエルはぎゅっと抱き締める。

「大丈夫。きっと良い代用品が見つかるさ」

「……はい」

頼みの綱である、蜂蜜樹《メルツリー》の樹液の入手が絶望的だとわかり、優奈はどうしたらいいのかと落ち込んでしまう。

「それにしても、蜂蜜樹《メルツリー》の樹液か。懐かしいねえ」

蜂蜜樹《メルツリー》の樹液は蜂蜜よりも濃厚で、キャラメルのような香ばしい風味がするのだと語るシュトラエルの表情は、穏やかだった。きっと、何か良い思い出があるに違いない。もう一度蜂蜜樹《メルツリー》の樹液を味わって欲しいと思うけれど、名案は浮かばない。とりあえず、明日も蜂蜜樹《メルツリー》のところまで一緒に行ってくれるというヴィリバルトに、相談してみようと思った。

翌日、優奈はヴィリバルトと共に蜂蜜樹《メルツリー》のある森に向かった。樹液を受け止める革袋はやっぱり空で、穴に差し込んでいた木の枝にさえ樹液は全くついていない。

「気候の問題だから、仕方がないけれど……」

ユウナはがっくりと肩を落とす。

「ヴィリバルトさん、せっかくお付き合いいただいたのに、すみません」

「待って、ユウナ。まだ、諦めちゃいけないよ」

木の前に蹲《うずくま》るユウナの隣に、ヴィリバルトは腰を下ろした。

「実は『蜂蜜の香りの木』に心当たりがあって、ちょっと調べてみたんだけど」

そう言うや、腰に付けたポーチから、小さく折りたたまれた羊皮紙《ようひし》のような紙を取り出す。

「これは白竜《はくりゅう》の国『アスプロス』で売られている、蜂蜜樹《メルツリー》の樹液の平均価格だ」

ひと瓶二百グラムの値段は日本円で二百円ほど。

「とまあ、アスプロスで買うならば、この国の蜂蜜よりも安い」

高騰《こうとう》する前の蜂蜜の値段は、ひと瓶三百円ほどだったらしい。

「けれど、輸送費、関税を入れたら――」

金額は跳ね上がり、ひと瓶三万円以上になる。

「そ、そんなに……？」

「この国とアスプロスはかなり離れているし、国交もほとんどないからね。いろいろ手続きも面倒で、ひと瓶あたりの価格が高くなってしまう」

けれど、ヴィリバルトには伝手《つて》があると言う。

「実は、アスプロスに知り合いがいてね。たぶん、アスプロス国内へは簡単に入れるだろう」

「アスプロスまでは、どうやって行くのですか？」

「翼竜《よくりゅう》に乗っていくんだ」

「翼竜《よくりゅう》!?」

竜に守護されるこの世界では、翼竜《よくりゅう》もまた一般的な生き物だ。竜よりも蜥蜴《とかげ》に近い生き物で、一家に一匹とは言わないが、国内に住む者はかなりの割合で飼っているらしい。普段は自由に飛び回っているので、用事のある時にだけ呼ぶのだとヴィリバルトは教えてくれた。

「私の翼竜《よくりゅう》は、エメラルドの鱗《うろこ》を持っているんだ」

「さぞかし、綺麗なのでしょうね」

「誰にも見せたことがないんだけどね。ユウナには特別に、見せてあげようか？」

「いいのですか？」

「いいよ」

二人で森の中の開《ひら》けた場所に移動する。そこでヴィリバルトが陶器のような光沢《こうたく》を持った笛を取り出した。

「これは、翼竜《よくりゅう》の爪から作った笛だよ、吹いたらやって来るんだ」

翼竜《よくりゅう》の爪は一ヶ月に一回根元から生え変わる。それを使って、召喚用の笛を作るらしい。

ヴィリバルトは笛の先端を銜《くわ》え、息を吹きかけた。だが、音は聞こえない。犬笛《いぬぶえ》のような物なのだろうか。しばらく空を見上げていると、黒い点が空に浮かんだ。それはどんどん近付いてきて――

「来た来た」

「うわっ！」

二枚の翼を羽ばたかせ、接近してくるエメラルドグリーンの竜。それはとても美しい生き物であった。全長は、翼を広げた状態で十メートルくらいだろうか。体は大きいけれど、目はクリッとしていてなんとも可愛らしい。首は長く、胴は丸々としている。

「私の竜、スマラクトだよ」

ヴィリバルトが竜の鼻先を撫《な》でつつ紹介してくれた。優奈は竜――スマラクトにじっと見つめられる。

「ど、どうも、初めまして」

挨拶を聞いたスマラクトは目を細め、『きゅう』と鳴いた。ずいぶんと可愛らしい鳴き方である。

「乗ってみるかい？」

「あ、いえ、今日はちょっと……」

特に高所恐怖症というわけではないが、スカートのまま竜に跨《またが》って空を飛ぶというのはなかなかハードルが高い。引き攣《つ》った笑顔で、次の機会にと言っておく。

スマラクトが大空へと帰っていくのを、優奈は手を振って見送った。

「話は戻るけれど、買い付けに行くのは、私の仕事の関係で今すぐにというわけにはいかない」

そこまでご迷惑をかけるわけにはと首を横に振る優奈だったが、そこでふと我に返った。ヴィリバルトはいったいどんな仕事をしているのだろう。この機会に聞いてみる。

「ヴィリバルトさんって、お仕事は何を？」

「仕事？　いろいろかな。雑務とか、うん、いろいろ」

はぐらかそうとしている様子がありありとわかり、ユウナはじっと訝《いぶか》しげな視線を向ける。

珍しく、ヴィリバルトはうろたえていた。いつも余裕があってニコニコしているのに、今は顔が引き攣《つ》っているところからも、彼の焦りっぷりが窺《うかが》える。

「ヴィリバルトさん、なんだか挙動が怪しいですね」

「え!?　あ、その……」

じりじりと追い詰めるうち、優奈は少しだけ楽しくなってきた。けれど彼もまた、ワケアリなのだろう。これ以上、追及しないことにした。

「冗談です。お仕事、頑張ってくださいね」

「ユウナ、私は……！」

ヴィリバルトは何か言おうとしたが、優奈は首を横に振る。微妙に気まずい空気のまま、二人は別れることになった。

帰宅後も、優奈はパンケーキに合うジャムの研究を続ける。さまざまな果物で作って味見をしてみたものの、どれもいまいち。無意識のうちに頑張り過ぎてしまったのか、軽い眩暈《めまい》を覚えた。

ここで、休憩をしないかとシュトラエルから声がかかる。

用意してもらった琥珀《こはく》色のお茶は、今まで嗅《か》いだことのない香りを漂《ただよ》わせていた。

「シュトラエルさん、これは？」

「これは、ホップ、ラベンダー、オレンジフラワーをブレンドしたお茶さ。ユウナのために作った特製だよ」

「私の……」

リラックスできるハーブを選んで淹《い》れてみたのだと、シュトラエルは話す。

「少し苦味が強いから、蜂蜜を入れよう」

「あ、そんな、貴重な蜂蜜を」

「いいんだよ。優しい味になるから」

シュトラエルはハーブティーに、とろ～りと蜂蜜を垂らした。優奈は目の前に置かれたティーカップを持ち上げ、香りを吸い込む。だが、甘く華やかな花の匂いとは裏腹に、飲んでみると確かに苦味が強い。これはホップの味だろう。けれど蜂蜜の甘さで、ずいぶんと緩和されていた。

「それで、パンケーキの研究は進んだかい？」

「いえ、まだ」

「そうかい。まあ、焦ることはないよ」

シュトラエルは優奈の背を優しく撫《な》でてくれた。心がじんわりと、温かくなる。

明日からも、また頑張ろうと思った。


翌朝、優奈の目覚めは最悪だった。アオローラが心配そうに顔を覗《のぞ》き込んでくる。

『ユウナ、大丈夫？』

「いや、あんまり」

起き上がる元気もほとんどなく、優奈ははあと深い溜息を吐いた。

「ここ最近、ちょっと頑張り過ぎたのかも」

手首に巻かれた水晶を見る。昨日分けて貰《もら》ったばかりなのに、水晶は魔力を失い、いつもの透明からくすんだ色合いになっていた。

「アオローラ、お願いがあるんだけど……魔力分けてくれない？」

優奈は目の前をフワフワ飛んでいたアオローラを、もふっと両手で捕まえた。

『むぎゅっ！』

「お願い」

『む、無理だよ……だって、その水晶は、ヴィリバルト専用だから』

「そうなんだ。魔道具にも色々あるのね」

『ユウナ、いつの間にか、ヴィリバルトなしでは生きられない体になっていたんだね』

「その言い方は誤解を招きそうなんだけど」

アオローラの協力のもと、なんとか着替えて一階へ降りていくと、玄関先でシュトラエルの怒号《どごう》が聞こえた。優奈は重たい体を引きずるようにして、玄関まで急ぐ。

「――だから、帰らないって言っておいただろう!?」

「何言ってんだ、このクソババア!!」

聞こえてきたのは、シュトラエルと若い男性の言い争う声。

「え、誰?」

恐る恐る、玄関先を覗《のぞ》き込む。そこにいたのは、シュトラエルと同じ、猫獣人《ねこじゅうじん》の青年だった。

毛並みは灰色。耳が出るシルクハットを被《かぶ》っており、ヒラヒラのジャボ――白タイがオシャレなシャツに、ベストを着込んでいた。ぴったりとしたズボンからはふさふさの尻尾が、ゆらりと覗《のぞ》いている。きっちりとブーツまで履《は》いていて、貴族めいた出で立ちの青年だった。

あの人は、いったい――? 優奈とアオローラは、呆然とした。

「前は帰るって言ってたじゃねえか!」

「事情が変わったって言ってんだよ! ったく、口が悪いねえ、この馬鹿孫が!」

壮絶な舌戦を繰り広げる二人の様子を、優奈はこっそり窺《うかが》った。すると、青年と目が合ってしまう。

「お前か、ババアを唆《そそのか》したのは!?」

猫頭の青年はシュトラエルを押し退《の》け、ずんずんと家の中に上がって来た。優奈の前に立ち、ジロリと睨《にら》んでくる。青年はすらりと背が高いため、優奈は下から見上げる形となった。灰色の毛は警戒心からかぶわりと逆立っており、尻尾も、ピンとまっすぐになっていた。

「お前がババアを引き止めているのか⁉」

優奈は青年の言っていることの意味がわからず、首を傾《かし》げた。

「とぼけるんじゃねえ！」

「トマス、その子は関係ない！　絡むんじゃないよ！」

「ババアは黙ってろ！　ちょっとこっち来い‼」

「きゃっ！」

トマスと呼ばれた猫獣人《ねこじゅうじん》の青年は優奈の腕を掴《つか》み、ぐいっと力任せに引っぱった。

「——えっ、い、痛っ！」

『わわわ、ユウナ‼』

引っ張られて行く優奈にシュトラエルはぎょっとして、トマスを怒鳴った。

「こら、この馬鹿、ユウナに触るんじゃないよ！」

「うるせえ、ちょっとこいつと話をつけてくる」

「何言ってんだい！」

しかし力で青年に敵《かな》うわけがなく、優奈はあっけなく、家の外に連れ出されてしまう。

『ユウナ〜、ユウナ〜！』

「お前もうるせえ！」

『むぎゅ！』

優奈の周囲をパタパタと飛び回っていたアオローラは、トマスに掴《つか》まれて外套《がいとう》のポケットに詰め込まれた。

「やだ、アオローラ！」

「なんだよ、みんな揃ってごちゃごちゃと……」

「ごちゃごちゃにしているのはトマス、あんただよ！」

シュトラエルの指摘は綺麗に無視して、トマスはずんずん歩き出す。

優奈は掴《つか》まれた腕を解《ほど》こうとしたが、力が強く敵わなかった。

「あの、アオローラを、返してください」

「その前に質問に答えろ」

「アオローラを返さないと、話しません」

どちらも引かない。追いかけてきたシュトラエルが、トマスの背中を叩いていたが、全く効いていないようだった。誰か助けてくれる人はいないかと、優奈は周囲を見回した。けれど残念なことに、ここは村から離れた薬草園。昼間ならまだしも、早朝から訪れる物好きはいない。優奈の叫びは届かないし、シュトラエルの言うことも全く聞かない。

魔力不足のせいで、酷《ひど》くクラクラしてきた。だんだんと視界も霞《かす》んでいく。

万策《ばんさく》尽《つ》きた。そう思っていると――

「何をしているんだ⁉」

ここで現れる第三者――ヴィリバルトが現れたのだ。

「ユウナ、大丈夫かい？」

彼は優奈とトマスの間に割って入り、ぐったりとした優奈を自分の胸に抱き寄せる。

その隙にシュトラエルもヴィリバルトの後ろへと回り込んだ。

「す、すみません」

「あいつに何かされた？」

「いえ……」

それよりも、アオローラを解放してもらわなければ。優奈はトマスを睨《にら》みつけるが、ぼんやりと視点が定まらず目を擦った。

「なんだ、お前？」

トマスは突然やって来たヴィリバルトに、質問を投げかけた。

「君こそ誰だ？」

「そこのババアの孫だよ」

「シュトラエルの……？」

トマスはシュトラエルを連れ帰りに来たのだと言った。

「なのに、このババアは帰らねえって言うんだ」

その言葉に、シュトラエルは苦々しげな顔で反論する。

「トマス、私はまだ帰れないって、手紙を送っただろう!?」

「何言ってんだ。そのヨボヨボな体で、一人このど田舎《いなか》に残るとか！」

ここでやっと、優奈は話を理解した。猫獣人《ねこじゅうじん》の青年トマスは、祖母のシュトラエルを故郷に連れ帰るためにやって来たのだ。恐らく優奈が来るまでは、シュトラエルは祖国に帰るつもりだったのだろう。そのあと優奈が喫茶店を継ぐと決めたことで考え直し、もう少しここにいると手紙を送ったが、急に意見を翻《ひるがえ》したシュトラエルに異変を感じたトマスが、わざわざ迎えにきたというわけだ。

「ったく、やっと長年の説得が通じたかと思っていたら、他人の世話を焼いていたなんて！」

「余生をどう送ろうが、私の自由だろう？」

「年を考えろよ。うだうだ過ごした結果、人様に迷惑をかけてしまうかもしれないだろう」

「この子は、口が減らないねえ」

「とにかく、一緒に帰ってもらうからな！」

「お断りだよ」

「ババア、いいから来い！」

話は平行線だった。トマスはシュトラエルに手を伸ばしたが、ヴィリバルトはそれを叩き落とす。

「痛《い》って！　こいつ、何するんだ！」

「何って、シュトラエルを無理矢理連れて行こうとする輩《やから》から守っているだけだ」

「なんの権利があって、お前が妨害するんだ」

「君こそ、なんの権限があって、シュトラエルを連れて行こうとしている」

「俺はこの祖母《ばあ》さんの孫だ。権限ならある」

「だったらこちらも主張させてもらう」

じっと、トマスを睨《にら》みつけるヴィリバルト。普段の温厚さは欠片《かけら》もなく、その表情は怒りに染まっている。そして、優奈にとって予想外の言葉が宣言された。

「私はこの村の領主である、ヴィリバルト・レンドラーク。領民であるシュトラエルを本人の意志に反して連れ出すことは、絶対に許さない！」

「は？　領主、って……」

「え、ヴィリバルトさんが、領主……？」

トマスと優奈、二人は同時に呟《つぶや》いた。

ヴィリバルトは気まずそうな表情で、優奈を見下ろした。

「ごめん、黙っていて。もう少ししたら、打ち明けようと思っていたんだ」

昨日、ヴィリバルトがはぐらかそうとしていたのは、どうやらこのことだったらしい。

しかし、今思い返してみれば、シュトラエル以外の領民は一歩引いた態度でヴィリバルトと接していた。様付けで呼んでいたし、貴族だというのも先日の会話で判明している。思い当たる節《ふし》は多々あったが、優奈にとっては領主など遠い存在で、想像もしていなかったのだ。

トマスも驚き顔で立ちつくしている。今まで賑《にぎ》やかだったのが嘘のように大人しくなっていた。

『あの、もしかして、忘れ去られてる？』

その時、トマスのポケットから、アオローラの悲しげな声が聞こえた。

「あ、わ、悪い」

トマスも忘れていたのか、慌ててアオローラをポケットから取り出し、解放してくれた。

『プハ～～！』

「アオローラ！」

感動の再会に、アオローラは優奈の肩に乗り、頬ずりをした。しかしヴィリバルトは安堵《あんど》することなく、ジロリとトマスを睨《にら》みつける。

「トマス君、といったね。私は領主権限で君に退去を命じることもできる。けれど、シュトラエルの孫である君に、それはしたくない」

トマスの肩がぶるぶると震え出したのを見て、ヴィリバルトは追い討《う》ちをかけた。

「今日のところは、引き取ってもらえるかい？」

「う、うるさい！　覚えてろ！」

悪役のような捨て台詞《ぜりふ》を残し、シュトラエルの家の前から走り去るトマス青年。

呆然とするシュトラエルと優奈。ヴィリバルトは振り返って問いかけた。

「シュトラエル、トマス君は、あのまま国に帰ると思う？」

「いや、まだ諦めていないだろう」

『それより、優奈が魔力切れ寸前だよ！』

話が一段落したのを見て、アオローラが口を挟んだ。

「ユウナ、やっぱりそうなのか」

「す、すみませ、ん……」

ヴィリバルトは優奈を横抱きにして、家の中に入って行く。運ばれるのはこれで三回目。ヴィリバルトにとっても、今や勝手知ったるシュトラエルの家だった。優奈の部屋の位置も、ばっちり把握されている。

すぐに、こうして魔力切れを起こしてしまう自分を、優奈は情けなく思う。

二階に上がり、優しく寝台に寝かせてもらった途端、申し訳なさで胸がいっぱいになった。

「すみません……。あの、私――」

ヴィリバルトは優奈の手を取って、水晶に口付けをする。効果はすぐに表れた。優奈の頬に赤みが差していく。

「あ、ありがとう、ございます。本当に、なんと言っていいのか」

「いいよ。どうせ、有り余っている魔力だから。これでユウナが元気になるのなら、嬉しい」

ヴィリバルトは淡く微笑むと、優奈の目にかかりそうになっていた前髪を横に流す。

「あと、黙っていたことについてだけど……」

急に真面目な顔つきになったかと思えば、ヴィリバルトは悪かったと言い、頭を下げた。

「なぜ、領主様であることを黙っていたのですか？」

「それは――領主だと名乗ったら、他の村人と同じように、優奈もかしこまった態度になるんじゃないかと思って」

優奈とは身分も肩書も何も関係ない、一人の人間としての付き合いをしたかったのだと、ヴィリバルトは切なそうに吐露《とろ》する。

薬草園で茶を飲んだり、ささいな話題で盛り上がるひとときは、何物にも代えがたい楽しい時間だったとヴィリバルトは話す。

「……もう、ユウナは私とお喋《しゃべ》りしてくれないだろうね」

ヴィリバルトは、雨の日に道端に捨てられた仔犬のような表情で、優奈を見下ろしている。そんな寂しそうな彼を、放っておけるわけがなかった。優奈はヴィリバルトの頬に、そっと手を伸ばす。

「ユウナ？」

「だったら、こうしましょう。正式な場以外では、ただのヴィリバルトさんということで——ダメですか？」

問いかける優奈の手を取って、ヴィリバルトは首を横に振った。

「ユウナ、ありがとう」

「私も、ありがとうございます」

せっかくパンケーキが繋《つな》いだ縁である。ここで終わってしまうのも悲しい。

二人は見つめ合い、微笑んだ。

「あ、ごめん。ユウナ、体が辛いのに」

「いいえ、魔力をいただいたので、もう平気ですよ。ゆっくりお話ができて、良かったです」

「私も、ユウナと話せて、良かった……」

ここで、ヴィリバルトは部屋から出て行く。入れ替わるように、シュトラエルが優奈のためにハーブティーを持って来てくれた。

ヴィリバルトに魔力を分けてもらったので、本当はすぐにでも動き回れる状態にあるのだが、午前中は寝ておくようにとシュトラエルに釘を刺された。午後からは、いつものように薬草園でハーブのお世話をするつもりだ。


「シュトラエルさん、今夜は、私が食事を作ってもいいですか？」

午後になった途端、優奈はシュトラエルに声をかけた。

「もう大丈夫なのかい？」

「魔力は回復しましたので」

「じゃあ、頼むよ」

「はい！」

優奈が持った籠《かご》の中に、アオローラがもぐり込んで来た。

「アオローラ、籠《かご》に入ったら食材みたいだよ」

『食べないで！　酷《ひど》いな……ユウナが倒れないように、近くで見守ろうと思ったのに！』

「ふふ、ごめんね」

アオローラと会話しながら、広い薬草畑でハーブを探す。まず発見したバジルを摘み、次にセージ、ナツメグの実、ニンニク、ローズマリー、クミンなど、さまざまなハーブを集めていく。

『今日は何を作るの？』

「ハンバーグ」

『やった〜！』

家に帰った優奈はエプロンをかけ、腕まくりをして調理を開始する。

最初にハーブを水で洗い、刻《きざ》んで炒めて、粉末状に加工する。次は豚と牛の合い挽《び》き肉の準備。肉の塊《かたまり》を専用の魔道具に入れて、ハンドルを回す。すると、挽肉状になって出てくるのだ。食感を出すために、粗挽《あらび》きと細く挽《ひ》いたものと、二種類作った。ボウルに挽《ひ》き肉とハーブ、ニンニク、塩コショウ、パン粉、卵を入れて混ぜ合わせる。よくこねたら手のひらに挽《ひ》き肉を取り、両手で軽くキャッチボールをして空気を抜く。続いて、中心にチーズを包み込んで成形。油を引いた鉄板に、ハンバーグを並べた。かまどに入れて、中に火が通るまで焼いたら完成である。

『うわ〜、おいしそう！』

「ハーブハンバーグだよ。きちんと香辛料が利いているから、ソースなしでもおいしいと思う」

『ヒューヒュー！』

優奈は丸パンを手に取ると二つに割って、ハンバーグ、スライスしたトマト、レタスを挟んだ。アオローラ用にも、パンを小さく切って作る。大きなパンは六つ、小さなパンは四つできた。

『たくさん作ったね』

「シュトラエルのお孫さんにも持って行こうと思って」

『ええ〜！　放っておけばいいのに』

シュトラエルを心配して、ここまでやって来るくらいだ。トマスは悪い人ではない。

それに、もともとシュトラエルは祖国に帰るつもりだったのだ。引き留めているのは――優奈である。

籠《かご》にパン三個とリンゴ、飲み物を入れて、埃除《ほこりよ》けに手巾《ハンカチ》を被《かぶ》せる。

「ちょっと、持って行って来るね」

『待って、待って！　一緒に行くよ〜！』

シュトラエルにも出かける旨《むね》を伝えに行く。

「え、今から出かけるのかい？」

シュトラエルの心配ももっともだ。もう、陽《ひ》は沈みかけている。

「すぐに戻って来ますので」

『一緒に行くから大丈夫だよ。ユウナは必ず守る！』

アオローラがキリリとした顔で、シュトラエルに宣言した。

「……わかった。気をつけておくれよ」

優奈は夕陽を背にして、村までの道のりを歩き出す。

「ねえ、アオローラ、トマスさんの居場所、わかる？」

『……ユウナ、居場所を知っているわけじゃなかったんだね』

「誰かに聞いたらわかるかなって」

『まさかの人任せ！』

「お願い」

アオローラは『わかったよ』と言い、集中モードに入り、トマスの魔力を探った。

『発見！　近くの森にいるっぽい……っていうか、蜂蜜樹《メルツリー》の並木前』

陽《ひ》が暮れる前に家に帰らなければならない。優奈は小走りで、森へ向かった。

アオローラの言う通り、トマスは一本の蜂蜜樹《メルツリー》を見上げるように佇《たたず》んでいた。

優奈はそろそろと接近し、声をかける。

「あ、あの〜。こんばんは」

「これ、変だな。樹液を出さない蜂蜜樹《メルツリー》があるなんて」

幹にはナイフで切り付けた痕《あと》が大きく残っている。それは数日前、優奈とヴィリバルトが実験のために穴を開けた木だった。

「今の時期なら、収穫期なんだが」

「えっと、この国には冬がないので、樹液ができないそうです」

「なんだと？」

トマスが木に視線を向けたままなのを確認し、優奈は蜂蜜樹《メルツリー》が樹液を作る仕組みを軽く説明した。

「――なるほど。夏に蓄《たくわ》えたデンプンが寒さで凍らないように、糖化《とうか》させると」

「はい。私も樹液が欲しくて、採取できないかと試したのですが、ダメでした」

「なるほど。勉強熱心だな」

「糖化《とうか》については、シュトラエルさんから聞きまして」

「へえ〜……ババアの情報か〜って、お前か！」

振り向いたトマスは、優奈を見るや驚きの声を上げた。

トマスは蜂蜜樹《メルツリー》を見上げたまま話をしていたので、優奈に気づいていなかったのだ。

「樹液を舐《な》めにきたんですか？」

「は？　虫じゃねえんだから、そんなことするわけねえだろ」

「あ、そ、そうですよね」

「お前こそ、こんな遅くに何しにきたんだよ！」

毛がぶわりと逆立った状態で捲《まく》し立てられる。こちらにズンズンと近付いて来るので、アオローラは優奈の前に翼を広げて立ちはだかったが、虫のように手で払われてしまい『あ～れ～』と悲鳴をあげた。

優奈はアオローラのもふもふの体を両手でキャッチして、本題に移る。

「あの、これを、トマスさんに」

優奈が差し出した籠《かご》を、トマスは目を細めて見下ろす。

「なんだ、これは？」

「夕食です。よろしかったら、どうかなと思いまして」

「もしかして、餌付《えづ》けでもしようと考えているのか？」

優奈はぶんぶんと首を横に振り、否定した。だが、このままでは受け取ってくれそうにない。仕方なくトマスの足元に籠《かご》を置いて会釈《えしゃく》すると、優奈は踵《きびす》を返し、走って家に帰ったのだった。

帰宅すると、トマスはどうだったかとシュトラエルが聞いてきた。

「バレていたのですね」

「ああ……すまなかった。ありがとう、ユウナ」

困ったような、悲しそうな表情でお礼を言うシュトラエルに、優奈も切なくなる。

夕食の席で、シュトラエルは詳しい話をしてくれた。

「私には、一人息子がいてね」

シュトラエルの息子は、二十歳になるまでこの村で暮らしていたのだという。

「ところがある日、実家から迎えが来て」

シュトラエルの父が亡くなり、跡取りがいなくなってしまったため、国に帰るように言われたのだ。

「私は、断った。でも、向こうも引かなかったんだ。それを見かねた息子が――」

自分が家を継ぐからと、申し出てくれたのだ。寂しかったけれど、それで良かったのだとシュトラエルは言う。

「親の私が言うのもなんだが、息子は頭の良い子でね……」

この辺境の村にいては、才能を潰してしまうのではと、シュトラエルは悩んでいたらしい。

「今や、立派な領主様さ。まあでも、この老いぼれのことはずっと気にしてくれていてね……」

夫亡き今、祖国に戻って、使用人のいる屋敷でゆっくり過ごせばいいと勧めてくれているとか。

「気持ちは嬉しかったんだけど、夫との思い出の残るこの薬草園を見捨てることもできなくて――」

「シュトラエルさん……」

体にガタが来て人に迷惑をかけてしまう前に、身の振り方を考えなければならない。そう思って、シュトラエルは祖国に帰る決意を固めた。薬草園のことは心残りだったけれど、諦めよう。そう思っていたら――

「突然、ユウナがやって来たんだ」

ぎゅっと、優奈の手を握り、穏やかに目を細めるシュトラエル。

「嬉しかった」

この先どうするか、シュトラエルの考えはまだ纏《まと》まっていない。今は、喫茶店を開店させることしか頭にないのだという。

「トマスにはしっかり説明して、わかってもらうしかないねえ。まあでも、それが難しいんだけど。頑固で、聞かん坊で、いったい誰に似たんだか……」

いつもはピンの伸びている髭《ひげ》が、しおしおと垂れ下がっている。と、ここで、玄関の扉がドンドンドンと叩かれた。

「おや、こんな時間に誰だい？　せっかちな叩き方だねえ」

「私が出てきますね」

ヴィリバルトではないことは確かだった。彼は、こんな乱暴に扉を叩かない。

『トマス坊ちゃんだったりして～』

「まさか！」

そう言って優奈は覗《のぞ》き窓から外の様子を窺《うかが》う。見えたのは、猫のシルエットだった。

「そのまさかだった……」

『トマスの坊ちゃん？』

優奈はコクリと頷《うなず》き、扉を開く。

「どうも、こんばんは……」

扉の向こうにいたのは、トマスだった。それだけでも驚きなのに、彼は扉をぐいっと開き、優奈の目の前に手巾《ハンカチ》を差し出してきた。

「おい、これ、嗅《か》いでみろ」

「え!?」

混乱状態のまま、言われた通りに手巾《ハンカチ》の匂いを嗅《か》ぐと――

「わっ！　すごい！」

手巾《ハンカチ》からは、濃い蜂蜜の匂いが漂《ただよ》っていた。

「これ、どうしたんですか!?」

「さっきの蜂蜜樹《メルツリー》の幹から採取したんだよ」

一体どのようにして。

尋ねると、トマスは驚きの方法を口にした。

「氷魔法で、木を一本だけ氷漬けにしてみたんだ」

急激に冷やされた蜂蜜樹《メルツリー》は、その生態通り、幹が凍らないようにデンプンを糖化《とうか》させたわけだ。

「すごい……本当に、すごい……！」

優奈は感激から、ポロポロと涙を流した。それにぎょっとするトマス。

『あ、ユウナ泣かせた！』

「お、俺じゃねえよ、こいつが勝手に――！」

「トマス！　心配になって来てみれば、あんた、何をやってんだい！」

シュトラエルからすれば、トマスが優奈を泣かせたように見えるだろう。当然のごとく激怒し、トマスは猛烈に叩かれる。

「痛《い》ってえ！　ババア、どこにそんな元気があるんだよ！」

「だから、私は元気だって言っているだろう!?」

優奈は震える声で「トマスさんのせいじゃない」と弁解したが、別のことで喧嘩を始めた二人には届かない。アオローラは『お茶が冷えちゃう！』と、居間に飛んで帰っていった。

「あ、そう。お茶！　あの、どうぞ、中でお茶を……」

「いいんだよ、この子なんて、井戸水で」

「ひでえ！」

散々なことを言っていたが、結局シュトラエルはトマスを家の中へと迎え入れ、おいしいハーブティーを振る舞った。

いったん落ち着いたところで、三人は蜂蜜樹《メルツリー》についての詳しい話を始める。

「――で、樹液が採《と》れそうだと」

「ああ。俺の氷魔法があればな」

優奈はキラキラの視線を向ける。それに、「ウッ」とたじろいでしまうトマス。照れをごまかすように、森での調査結果を、早口で報告した。

「あのあたりの木は全部蜂蜜樹《メルツリー》だから、ここの温暖な気候と、氷魔法があれば、通年樹液が採《と》れるだろう。もちろん、魔石肥料とかで追肥《ついひ》は必要だが。でないと、木自体がダメになる」

「承知いたしました。感謝します」

どうにも調子が出ないと、トマスは小さな声で呟く。そんな彼を見つめながら、優奈は以前シュトラエルから聞いた話を思い出す。この村に来るまで、猫獣人《ねこじゅうじん》のトマスはあまりいい扱いを受けなかったらしい。というのもウィリティスには、あまり獣人がいないのだ。

かつてウィリティス人は、アスプロスから「楽園がある」とだまして連れて来た獣人を、奴隷として扱っていた時代がある。それが原因で、双方の国で戦争にもなった。

故に、トマスはずっとウィリティスに住む祖母を心配していたのだ。祖母が戻ってこないのは、人間にいいように使われているせいではないかと。

だが、朝よりは優奈への態度が和《やわ》らいできた。優奈は信用できる人間だと思い始めてくれているのかもしれない。

「それで、なんで蜂蜜樹《メルツリー》が必要なんだよ？」

トマスの問いに、優奈はシュトラエルと開く喫茶店への熱い思いを語る。

「――というわけでして、お店の名物のパンケーキに、蜂蜜樹《メルツリー》の蜜は絶対に不可欠でして」

「ふうん」

一応、事情はトマスに理解してもらえたようだ。

「で、トマス。どうするつもりなんだい？」

「どうって、何がだ？」

「蜂蜜樹《メルツリー》についてだよ」

「いや、どうって聞かれても、どうもしないが」

「言っておくが、この国の人に氷魔法は使えないよ。ここは緑の国だ。ほとんどの住人は、植物に命令する緑魔法しか使えない」

「あ、私、ヴィリバルトさんが緑魔法を使っているの、見たことがあります」

彼は何もないところから蔓《つる》を生《は》やし、歪《ゆが》んでいた杭《くい》に巻きつけて補強していたのだ。他にも劣化《れっか》した木材を再生させたり、ヒビを塞《ふさ》いだり、自然に優しく素晴らしい魔法だったと優奈は話す。

「ババアも氷魔法を使えるだろ」

「使い方なんぞとっくに忘れたよ。それに、私の魔法は氷の粒を生み出す程度だった。お前みたいに、木まるごと氷漬けなんて無理だよ。だから、あんたがやるしかない」

「な、何言ってんだ！　俺だってそんなに暇じゃないぞ！」

「でもあんた、この前騎士を辞めたって言っていたじゃないか」

「ウッ！」

貴族の三男であるトマスは十三歳の頃から騎士をしていたそうだ。実力があった彼はどんどん出世し、第五王女の近衛《このえ》部隊にまで上りつめたのだが、王女が他国へ嫁《とつ》いだことで近衛《このえ》部隊は解散。

強気な性格が災《わざわ》いし、周囲との軋轢《あつれき》を生んでいたトマスは、それを機に騎士隊を辞めたという。

「騎士を辞めて、何をするつもりだったんだい？」

「いや……その辺は、何も……」

「考えなしに辞めたってのかい？　まったくこの子は！」

「だって、仕方ないだろ？　いくら頑張っても、家の力だとか言われて！」

「それは――そうだったのかい。……可哀想に」

トマスの実家は歴史ある伯爵家で、国内でも五本の指に入るほどの名家だった。どこに行っても家の名前がついて回り、この若き騎士を苦しめていたのだ。

「私も、お前の気持ちはよくわかる。家が嫌になって、ここに来たんだからね」

「ババア……」

シュトラエルは、トマスの背を優しく撫《な》でながら言う。

「しばらく、この村で過ごせばいい。皆、優しい人ばかりだ。それにここでは、頑張れば頑張るだけ、お前自身を認めてもらえるよ」

トマスはしばし考えているようだった。実は彼は、祖母を連れて帰ると大口を叩いて故郷を出て来たらしい。きっと手ぶらでは帰れない旅なのだろう。

トマスはふてくされたような表情で、ぼそりと呟いた。

「けど、まだ樹液が採《と》れるかはわからない。採取できるか調べて、それから考える」

「ああ、ゆっくりお考え。大丈夫、この村の皆は、誰もお前を拒絶しないから」

トマスはちらりと優奈を見る。優奈が微笑みかけると、赤くなってそっぽを向いてしまった。

結論が出るまで、トマスはしばらくシュトラエルの家に滞在することになった。優奈は客間の用意をする。アオローラは優奈の肩に止まり、しみじみと言った。

『しっかし、シュトラエルはこうなるってわかっていたんだねえ』

「本当にね」

トマスのために用意された部屋は既に空気の入れ換えがなされ、布団も干されてふかふかだった。全ては、孫に気持ち良く過ごしてもらうため。その準備を、シュトラエルは今日一日の間にしていたのだ。

「思っていた通り、トマスさんは悪い方ではなかったし」

『口はちょっと悪いけれど』

「若い人は、あんなものだよ」

『あ、そうそう。トマスね、年齢はユウナと一緒だよ』

「えっ？　そうなんだ」

トマスは優奈と同じ二十三歳だった。ヴィリバルトと近い十九か二十くらいだと優奈は思っていたのだが。

『ユウナ、ちょっとお姉さんぶっていたでしょう？』

「ちょっとだけ。気を付けなきゃ」

『だね。トマス坊ちゃん、プライドとか高そうだし』

ヴィリバルトと比べてもずいぶんと子どもっぽかったので、ついつい勘違いをしてしまったのだ。

『でも、良かったね。蜂蜜樹《メルツリー》、どうにかなりそうで！』

「うん、でも、ずっとトマスさん一人に頼るわけにはいかないから……」

森にはたくさんの蜂蜜樹《メルツリー》があるとトマスは言っていた。けれど、樹液を採取するには、氷魔法を使わなければならない。

『現実的だねえ。まあ、その辺はヴィリバルトがどうにかしてくれるんじゃない？　言ってたじゃん。伝手《つて》があるって』

「そうだね」

蜂蜜樹《メルツリー》の樹液の産地アスプロスと、ここウィリティスは、あまりいい関係ではない。となると輸入も困難なので、ヴィリバルトの伝手《つて》が頼みの綱だ。

『でもさ、ユウナ、いろいろしているうちに、蜂蜜の供給も復活するかもよ？　前向きにいこうよ！』

アオローラに励《はげ》まされながら、優奈はシーツを整える。しばらくはトマス頼りになるが、それでも確かに大きな一歩だ。まずは、それを喜ぶことにした。

翌日、優奈はトマスと共に樹液の採取作業を行っていた。木に管《くだ》を挿《さ》し、自然と滴《したた》ってくるのをひたすら待つのだ。じわり、じわりと樹液が溢《あふ》れ、ゆっくり雫《しずく》の形をとる。優奈はトマスと蜂蜜樹《メルツリー》の前にしゃがみ込み、様子を見守っていた。

「ま、一晩放置していれば、そこそこ溜《た》まるだろ」

「樹液の採取って、気の遠くなるような作業なんですね」

「まあな。木を伐採して蜜を搾る地域もあるようだが、環境破壊に繋《つな》がる恐れもあるから、あまり推奨しない」

とはいえ、ずっと眺めているのも時間の無駄だ。優奈はトマスに、帰ろうと声をかけた。一人で村のほうへ歩き出したところで、やって来た人物と鉢合わせになる。

「……ユウナ？」

美貌の青年――ヴィリバルトが、驚いた顔で優奈と後ろ姿のトマスを見ていた。

「二人で、何をしているの？」

低く、冷たい声。責められているように感じた優奈は、早口で事情を説明する。

「えっと、樹液の採取の方法を見つけまして、それで、トマスさんと確認をしていたんです」

「へえ、そうなんだ。だったら、これは必要ないね」

ヴィリバルトの手には、丸められた羊皮紙《ようひし》があった。蜂蜜樹《メルツリー》の樹液について調べてくれたものであろうことは、中を見なくてもわかる。

「まだ、作業を続けるの？」

「いえ、もう、帰るところで……」

「だったら、ちょっと話をしよう」

そう言って、ヴィリバルトは優奈の手を取り、歩き出す。

「あ、トマスさんがまだ――」

「大丈夫だよ。小さな子どもじゃあるまいし、一人で帰れる」

お礼を言っていないどころか、先に帰ることさえ告げていない。失礼ではと思ったが、ヴィリバルトの歩みは止まらなかった。

『ユウナ、トマスの坊ちゃんには代わりに挨拶しておくから。道案内も希望があればするよ』

「お願い、アオローラ」

トマスのことはいったんアオローラに任せよう。ヴィリバルトは無表情のまま、さくさくと道を進んで行く。辿り着いたのは、街の端《はし》にある自宅であった。

「一応、使用人に掃除をさせたから、前みたいに埃《ほこり》っぽくはないと思うけれど」

「……おじゃまします」

ヴィリバルトの小さな家は、前に訪れた時よりも物が増えていた。玄関の花瓶に白い花が生けられ、殺風景《さっぷうけい》な居間には、テーブルクロスやクッションなどの品が揃えられている。ちらりと覗《のぞ》いた台所には、棚に茶葉の缶がたくさん並べられているのが見えた。

ヴィリバルトが普通の村の青年だったならば、その変化に優奈は喜んでいただろう。しかしながら、彼は領主だ。ヴィリバルトがこの家にいる意味を、優奈は理解しかねていた。

もやもやを残したままにしたくなかったので、質問してみる。

「あの、ヴィリバルトさんは、領主としての家をお持ちなんですよね。ここの家はいったい……？」

「一人になりたい時、来ていたんだ」

「一人に、ですか？」

「そう。領主の屋敷は使用人がいっぱいいて、落ち着かない時があるから」

どういう反応をすればいいのか、わからなかった。彼の口ぶりから、領主の屋敷には他に家族が住んでいるようには思えない。そもそも、爵位というものは世襲制だから、息子に地位が与えられるのは当主が死んだ時で……。これは地球の話なので、この世界では違うかもしれないが。

二十歳という若さで村を取り纏《まと》める存在になるというのは、きっと彼にとって重荷なのだろう。

その苦しみは、同年代の優奈にも想像できない。かける言葉は欠片《かけら》も見当たらないが、ただ唯一、優奈にできることといえば――

「あ、あの、お茶を淹《い》れてきましょうか？」

なんだか今日のヴィリバルトは様子がおかしい。お茶を飲んだら、落ち着くかもしれない。そう思って声をかけたのに、断られてしまった。

「いいよ。前から思ってたけど、ユウナは私の使用人じゃないんだから」

ヴィリバルトの感覚では、お茶を淹《い》れるのは使用人の仕事だったのか。けれど、優奈は違う。

「確かに、勤務中に淹《い》れるお茶は労働です。私の国でもそうでした。しかし、私生活では違います」

「どう違うの？」

「誰かにお茶を淹《い》れるということは、特別、なんだと思います」

上手く言葉にできずに、歯がゆい思いをする。しどろもどろになりながらも、説明を続けた。

「普段、何も思っていない人に、お茶なんか淹《い》れません。するとしたら、おもてなしだったり、気遣いだったり、おいしい物を飲んでもらいたいという心だったり……。とにかく、誰にでもそういうことをするわけではなくて、その、特別なんです！」

いつの間にか、必死になって主張していた。優奈の勢いに、ヴィリバルトは目を丸くしている。

言っていることは支離滅裂《しりめつれつ》で、さらに、自分の考えを押し付けてしまったと、恥ずかしくなる。

優奈は頬を染め、俯《うつむ》いた。このまま踵《きびす》を返して家に帰りたかった。それくらい、恥ずかしかったのだ。

けれど、いつまでもこうしているわけにはいかない。顔を上げてヴィリバルトの様子を窺《うかが》った。

渋面《じゅうめん》が解《ほぐ》れているのに気づき、とりあえずは良かったと、ホッと胸を撫《な》で下ろす。

「……ユウナ、ごめん。お茶にそういう意味があったなんて、知らなくて」

「いえ。こちらこそ、すみませんでした。私の意見を押し付けてしまって」

「ううん、そんなことない」

ヴィリバルトは優奈の両手をそっと握り、頭を垂れる。

「嬉しかった。ありがとう、ユウナ」

今度はヴィリバルトのほうから、お茶を淹《い》れてほしいと頼まれる。甘い微笑みを向けられ、優奈は照れてしまった。

それをごまかすかのように、わざと大きな声を出して、台所へと向かう。

「あ、はい！　では、淹《い》れて来ますね！」

優奈は元気良く居間を飛び出したが――

「あ、待って、ユウナ！　火は、私が入れるから！」

慌てて、ヴィリバルトが後を追うことになったのだった。

そうして優奈は、台所にあった薬草でブレンドティーを作った。置いてあったカモミールとラベンダーを合わせてみたのだ。蜂蜜色の綺麗な色合いのお茶は、カモミールの甘い香りがメインで、あっさり爽《さわ》やかな味わいだった。優雅な気分に浸《ひた》れるだけでなく、リラックス効果もある。

ヴィリバルトはお礼の言葉と共に、優奈の指先を掬《すく》い取って、水晶に口付けをした。

魔力が供給され、優奈は元気が出てきたのを感じる。

「あ、ありがとうございます……。ヴィリバルトさん」

握っていた手を引かれ、ぎゅっと抱き締められる。それから、頬にもキスをされた。

優奈の体が強張《こわば》ったのを感じて、ヴィリバルトはハッとした。すぐに離れ、気まずそうに謝罪する。

「ご、ごめん、ユウナ……。嬉しくて、つい」

優奈は何とも言えなかった。今拒絶すれば、ヴィリバルトは深く傷つくだろう。もう二度と、悲しい顔は見たくない。しかし、ヴィリバルトは領主だ。庶民と近すぎるこの関係は良くないだろうと優奈は思っている。養護施設の子ども達のような、孤独に揺れる目をした彼を突き放すことは難しかったが、優奈は心を鬼にする。

ここは、年上の自分が正しい道に導かなければ。とりあえず、甘い雰囲気にならない方向へ話を持って行くことにする。

「すみません、先ほどの、羊皮紙《ようひし》を見せてほしいのですが」

「これ?」

くるくると巻かれた紙には、蜂蜜樹《メルツリー》の樹液についての対策がずらりと書かれていた。

その中で、特に面白いと思ったのは、緑魔法で木に命令をして樹液を採取するという項目。

詳しい説明を求めると、ヴィリバルトは口を開いた。

「私の魔法は植物に声を届けることができる。例えば」

テーブルの上にある花瓶の花に、ヴィリバルトは魔法をかけた。蕾《つぼみ》を閉じるように命じると、言葉通りに植物が動く。

「この方法なら、植物に負担がかからないんだ。私自身の魔力を送り込んで、それを動力源にしているから」

「なるほど」

それで、木に魔力を送って樹液を生成させられないか、という実験をするために森を訪れたのだと、ヴィリバルトは話す。

「魔力の消費が激しいのが課題だったんだけど、問題は解決したようだね」

「ええ、トマスさんの氷魔法で樹液を採取できることがわかりまして。ですが、トマスさんはずっとここにいるわけではないので、別の方法も考えていたところでした」

「そうだったんだ。じゃあ、緑魔法も試してみる？」

「ええ、それはもちろんとお答えしたいのですが……」

先ほどヴィリバルト本人が言った通り、彼の負担が大きいのが心配だと優奈は伝える。

「気にしないでって言っても、ユウナは気にするんだろうね」

「すみません」

ひとまずこの方法は置いておき、ヴィリバルトは引き続き輸入ルートを探ってくれると言う。

「お手数おかけします」

「気にしないで。ユウナと私の関係じゃない」

どういう関係だというツッコミを、喉《のど》から出る寸前で呑み込む。樹液の入手も、ヴィリバルトとの関係も、まだまだ難しそうだ。その溜息までも、優奈はそっと呑み込んだのだった。


翌日は、朝からヴィリバルトがやって来た。

「ユウナ、おはよう、爽《さわ》やかな朝だね」

「おはようございます、ヴィリバルトさん」

ヴィリバルトはにっこりと微笑み、朝の挨拶だとばかりに優奈の指先を掬《すく》い取ると、手首の水晶に口付けをした。こればかりは毎日されても慣れない。優奈はドギマギとしてしまう。

「ありがとうございます」

「いえいえ」

朝からどうしたのかとは、聞くまでもないだろう。蜂蜜樹《メルツリー》の調査に同行するために来てくれたのだ。

「よろしかったら中へどうぞ。お茶を淹《い》れますので」

「ありがとう」

ちょうど朝食を食べ終わり、まったり食後のお茶を飲もうという話になっていたのだ。ヴィリバルトも朝のお茶会にお招きする。居間まで案内すると、寛《くつろ》いでいたトマスが耳と尻尾をピンと立て、ヴィリバルトを睨《にら》みつけた。

「お、お前、何しに来たんだ！」

「何って、蜂蜜樹《メルツリー》の調査に立ち合おうと思って」

「はあ!?」

「ほら、私って領主だし」

その発言に返す言葉が見つからず、トマスは「ぐぬぬ」と悔しそうに呻《うめ》く。二人の間に割って入るのは、シュトラエルだった。

「朝から喧嘩するんじゃないよ」

「喧嘩じゃねえよ」

「そうだね。ただの業務連絡だ」

悔しそうなトマスに、余裕のヴィリバルト。双方は睨《にら》み合い、居間の雰囲気は一気に緊張する。

アオローラは居間の空気に耐えきれず、台所に避難した。お茶の準備をしている優奈の肩に止まる。

『ユウナ、今めっちゃ修羅場《しゅらば》だよ。トマスの坊ちゃんとヴィリバルトが、睨《にら》み合ってピリピリ！』

「どうしたんだろう？」

『いやまあ、男同士、気が合うとか、合わないとか、いろいろあると思うよ。うん、いろいろとね』

「そっか。仲良くしてほしいんだけど」

『それは無理だと思うよ、ユウナ』

「どうして？」

『いやいや、それはこの嘴《くちばし》からはとても言えないことなので』

個人個人には相性というものがある。数年だが社会人経験がある優奈にもそれはよく理解できたので、この件に関しては、首を突っ込まずに静観することに決めた。

『それはそうと、ユウナ、なんのお茶を淹《い》れているの？』

「パッションフラワーの花と葉っぱを使ったお茶だよ」

パッションフラワーは花の形が時計の文字盤に似ていることから、『時計草《とけいそう》』とも呼ばれている。

「イライラを緩和する効能があって、リラックスもできるから」

『あの二人にぴったりなお茶というわけだね』

お茶請けは軽い食感のメレンゲ焼き。庭で採《と》れたベルガモットの実の皮を擂《す》って入れてみた。

作り方は簡単。泡立てた卵白《らんぱく》に、砂糖とベルガモットの皮を入れ、油を塗った鉄板に絞り袋で絞り出して焼くだけ。オーブンから取り出すと、爽《さわ》やかな柑橘《かんきつ》の香りがふわりと漂《ただよ》った。

『うっわ、それ、おいしそう！』

「味見する？」

『うん！』

ふうふうと息を吹きかけて冷ましてあげてから、アオローラの口元に持って行く。

『あむっ！　……はふはふ』

アオローラはもごもごと咀嚼《そしゃく》し、ごくりと呑み込む。

『サクサクしゅわ～で、甘くてほろ苦でおいし～』

「良かった」

優奈はメレンゲ焼きをお皿に盛り付け、茶器と共に運んで行く。居間の空気は重いを通り越して、最悪だった。

『うわっ、空気悪っ！』

居間を覗《のぞ》き込んだアオローラの一言。優奈も続けて中へと入る。ヴィリバルトはニコニコしていたが、なぜか威圧感のある笑顔であった。トマスはテーブルに肘を突き、そっぽを向いている。

シュトラエルは、はあと溜息を吐いていた。

「え～っと、お茶とお菓子をお持ちしました」

一人一人に、ソーサーとカップを丁寧に並べていく。

「あの、メレンゲ焼きを作りましたので、よろしかったらどうぞ。庭で採《と》れた、ベルガモット……柑橘《かんきつ》の皮を擂《す》って入れてみました」

トマスはスナック菓子を掴《つか》むように、三つのメレンゲ焼きを手に取って、口に放り込む。

「あ、熱っ！」

「す、すみません、焼きたてで……」

「ユウナ、気にするんじゃないよ。一気食いするトマスが悪いんだ」

続けて、ヴィリバルトも一粒摘まんで食べる。

「――わ、ユウナ、これ、すごくおいしいよ。雪が溶けるように、一瞬でなくなってしまった。上品なお菓子だね。こんなの初めて」

領主館のお茶請けにも出したいと言うヴィリバルト。

「ユウナ、依頼として受けてみたらどうだい？」

シュトラエルは提案する。領主館に出入りするような人々は舌が肥《こ》えている。反応を聞かせてもらうことを報酬代わりに、お菓子を納品してみたらどうだろうかと。

「それで、評判の良かったお菓子を、喫茶店のメニューにすればいい」

「あ、いいですね、それ！」

今まで、シュトラエルの喫茶店はパンケーキしか置いていなかった。それだけでは寂しいので、数品増やそうと話し合っていたのだ。

「でもユウナ、無理はしないでね。また倒れたりしたら、私は……」

「大丈夫です。きちんと、皆で協力して行うので」

「そうか。そうだね」

応援しているよと言いながら、ヴィリバルトはユウナの手に自らの指先を重ねた。

『うおっほん！　……だったら、決まりだね！』

朝から濃厚な甘さをまき散らすヴィリバルト。その様子にシュトラエルがピリピリし出したので、アオローラは二人の間に割って入り、いい雰囲気をぶち壊した。

しかしヴィリバルトは気にせずに、優奈の手に触れたまま話を続ける。

「今度……一週間後くらいかな？　王都から使者が来る予定だから、それに合わせてお菓子を作ってもらおうかな。詳しいことは、またあとで」

菓子職人である優奈の初仕事が決まったところで、お茶会はお開きとなった。

その後、優奈、トマス、ヴィリバルトの三人は、蜂蜜樹《メルツリー》の木のある森に向かうことにした。

昨日設置しておいたのは、樹液を採取する管《くだ》と、それを受ける桶。一晩放置していたので、桶は樹液で満たされていると予想していたが、まさかの結果に、三人は目が点になった。なんと、樹液は僅《わず》かな量しか溜まっていなかったのだ。

「ど、どうして……？」

「おかしい。一晩で桶一杯は採《と》れるはずなのに」

「なぜだろう？」

トマスは桶を斜めに傾ける。

「――ん？　これは……」

指先で樹液を掬《すく》うと、水飴のようにつうと糸が引いた。

「あ!!」

何かに気づいたトマスは、幹から管《くだ》を引っこ抜いた。そして「やっぱり！」と叫ぶ。

「粘度《ねんど》が高くて、管《くだ》が詰まったんだ！」

ならば、太い管《くだ》を用意すればいいのか。そんな優奈の呟きに、トマスは待ったをかける。

「管《くだ》を太くしても結果は同じだろう。そもそも、煮詰める前からこんなに粘度《ねんど》があるのはおかしい」

本来、蜂蜜樹《メルツリー》の樹液はサラサラなのだという。それを煮詰めることによって、水飴や蜂蜜のようにトロリとした液体になるのだそうだ。

「なぜ、ここまで粘度《ねんど》があるのでしょうか？」

「長年溜《た》めていたデンプンを一気に糖化《とうか》した影響かもしれないね」

「たぶん、そうだろう」

まさかの問題に直面し、優奈はがっくりと肩を落とす。けれど、ヴィリバルトは「心配ない」と耳元で囁《ささや》いた。

「緑魔法を試してみよう」

「えっと、植物に魔力を与えて、命令する魔法、でしたっけ？」

「ザックリ言えばそうだね」

木に命じて、サラサラの樹液を出してもらう。それを試してみると、ヴィリバルトは言うのだ。

「そんなこと、できるのかよ」

「私も一応、緑竜《りょくりゅう》の国の人間だから」

トマスにも美しい笑みを向けながら、ヴィリバルトは自信ありげに言った。

「ニヤニヤ野郎が、かっこつけやがって！」

「トマス君、何か言った？」

トマスの悪口にも笑顔で問いかけるヴィリバルトであったが、妙な迫力があった。トマスは思わず黙り込む。新しい管《くだ》を幹に差し込み、魔法を試す。ヴィリバルトはさっそく、幹に手を付けて、ぶつぶつと呪文を唱え始めた。宙に浮かぶ大きな魔法陣《まほうじん》。ふわりと、春風めいた暖かな風が吹いた。

パキンと音を立てて魔法陣《まほうじん》は霧散《むさん》し——サラサラの樹液が、水道の水のように管《くだ》を通って流れてくる。ヴィリバルトの魔法は成功だった。

「成功して良かった」

「すごい、ヴィリバルトさん、すごいです！」

立ち上がって大喜びする優奈を見て、トマスは指摘する。

「言っておくが、俺の氷魔法がないと、そもそも糖化《とうか》しないんだからな！」

「はい！　トマスさんも、ありがとうございました！」

トマスの氷漬けによる糖化《とうか》と、ヴィリバルトの緑魔法があって初めて、樹液を得ることができた。

あっという間に、桶の中が満たされる。これを煮詰めたら、蜂蜜樹《メルツリー》シロップが完成するのだ。

「ああ……夢のようです」

優奈はうっとりと言う。こうして、樹液を手に入れることに成功したのだった。

帰宅後さっそく、入手した樹液を加工する。まずは、目の細かいふるいで濾《こ》す作業から。ここで木くずや汚れなどの不純物を取り除くのだ。

そして、大鍋の中でぐつぐつと煮詰めていく。鍋を覗《のぞ》き込んだアオローラは、ぎょっとして叫んだ。

『ええ、こんなに少なくなっちゃったの!?』

鍋いっぱいの樹液は、今やコップ一杯程度にまで減っていた。

「おいしさがぎゅぎゅっと濃縮されているんだよ」

ふんわりと漂《ただよ》うのは、優しい蜂蜜の香り。いつもだったら胸やけしそうなほど甘い香りなのに、優奈はめいっぱい吸い込んで幸せな気分になる。

『やっとだねえ』

「うん、嬉しい」

トマスの氷魔法と、ヴィリバルトの緑魔法で手に入れた蜂蜜樹《メルツリー》シロップが、ようやく完成したのだ。優奈は最後の仕上げに取りかかる。

優奈は完成した蜂蜜樹《メルツリー》シロップを、家の台所から喫茶店のカウンター兼厨房《ちゅうぼう》に持って行く。

腕まくりをして、パンケーキの生地作りを開始した。

まず、最初にやって来たのはシュトラエルだった。

「いらっしゃいませ」

「ユウナ、どうしたんだい？」

「蜂蜜樹《メルツリー》シロップが完成したので、試食会を開くことにしたんです」

「おやまあ！　だったら、私がお客様第一号だね」

シュトラエルは笑みを深め、席につく。優奈はカウンターを出てオーダーを取りに行った。

「お飲み物は、お客様に適したお茶をご提供いたします」

「どういうことだい？」

「甘いお茶が飲みたいとか、渋いお茶がいいとか、味の好みはもちろんのこと、眠れない、胸がむかむかするなど、体調に合わせたお茶もご用意できます」

種類豊富なハーブが揃っている薬草園だからこそできる、贅沢《ぜいたく》な仕様である。

「何か飲みたい味とか、体で気になるところとか、ありますか？」

「最近、ちょっと目が疲れ気味かもしれないねえ」

「わかりました。ご用意しますね」

そんな話をしているうちに、二人目の客がやって来る。

「いらっしゃいませ」

「うわっ！」

目を丸くして、喫茶店の入り口で佇《たたず》むのは、トマスだった。蜂蜜樹《メルツリー》の樹液を追加で回収に行った帰りのため、両手にバケツを持っている。

「樹液、ありがとうございます」

「いや、別にいいけど、これはなんなんだ？」

「喫茶店の仮オープンなんですよ」

事情を把握したトマスは店のテーブルにバケツを置いて、カウンター席に腰かける。優奈はシュトラエルにしたのと同様に、どのようなお茶が飲みたいかと尋ねた。

「別に、なんでも」

「おまかせですね」

オーダー表にしっかりとメモを取る。ついでにテーブルの上のバケツを手に取ろうとすると、トマスが待ったをかけた。

「おい、お前みたいな軟弱者《なんじゃくもの》が持てるもんじゃねえ。俺が運ぶ」

「あ、ありがとうございます」

家の台所に樹液を運んでいくトマスを見送って、シュトラエルが噴き出した。

「あの子は素直じゃないだけで、良い子なんだ」

優奈も笑顔で、こっくりと頷《うなず》いた。

最後にやって来たのはヴィリバルトだった。同じように、オーダーを取る。

「だったら、ユウナの愛が入ったものを」

その発言を聞いたトマスが、過剰《かじょう》な反応を示す。

「は、はあ!? こ、こいつ、何言ってんだ？ 馬鹿じゃないのか？」

同時に、シュトラエルに叩かれた。

「痛《い》ってえ!!」

「領主様を馬鹿とか言うんじゃないよ!!」

「だって、こいつ、恥ずかしいことを言いやがるから……」

非難されたヴィリバルトは、気にすることなく優雅に微笑んでいる。

「よろしくね、ユウナ。愛情たっぷりで」

「……はい、おまかせですね」

優奈もまともに取り合わずに、さらりと流した。アオローラがパタパタと飛んで来て、優奈の肩に止まるとしみじみと言う。

『ユウナ、だんだんヴィリバルトの対応に慣れてきたね』

「それは、まあ……」

ヴィリバルトの言葉にいちいち照れていたら、大変なことになる。なので、話半分に聞くようにしていたのだ。会話をしながら三人分のパンケーキを、かまどの中に入れる。

焼いているのを待つ間に、お茶を淹《い》れる。

シュトラエルにはアイブライトという、紫色の小花を咲かせるハーブを使ったお茶を淹《い》れた。オーダー通り、疲れ目に効くのだ。微《かす》かに苦味があるので、数種のジャムと砂糖を添えて出す。

「お待たせいたしました。アイブライトティーです。お好みで砂糖やジャムをどうぞ」

「ありがとう。爽《さわ》やかな良い香りだね」

気に入ってくれたようで、嬉しくなった。次に、トマスのお茶を淹《い》れる。胃でも痛いのか、朝から お腹を押さえている様子を見かけていたので、胃腸の調子を整えるお茶を用意した。

「お待たせしました。カモミールティーです」

これはリンゴのような優しい香りがするお茶だ。味わいはほんのり甘く、口当たりも良い。

カモミールには甘い味のジャーマン種と苦みのあるローマン種の二種類あるが、今回はジャーマン種で作ってみた。この世界の植生は地球とほぼ同じようで助かったと、優奈は思った。

カモミールティーを飲んだトマスは、「まあまあだ」という感想を口にした。

最後に、ヴィリバルトのお茶を淹《い》れる。夕方から書類仕事を頑張らなければと言っていたので、集中力を高めるハーブにした。選んだのはタイムとローズマリー。タイムはスパイシーな味が目立つので、緩和するために焦《こ》がしキャラメル――キャラメリゼを入れてみた。

「お待たせいたしました。タイムとローズマリーのブレンドです」

「甘い香りがするね」

「キャラメリゼが入っておりますので」

「へえ、そうなんだ」

一口飲んだヴィリバルトは、目を見張る。

「へえ、驚いた。最初は甘いと思ったんだけど、後味はピリッとしていて、面白いね」

「はい。薬草だけだと辛みが強くなるので、そのようにしてみました」

「そっか。うん、おいしい」

ひと通りお茶を出したところで、パンケーキが焼き上がった。

フワフワの生地を二段に重ねて、四角くカットしたバターを載せる。最後に、上から蜂蜜樹《メルツリー》シロップをたっぷりと垂らしたら完成だ。

シュトラエル、トマス、ヴィリバルトの三人に、パンケーキを配膳《はいぜん》して回った。

優奈はカウンターの向こう側から、皆が食べる様子をドキドキしながら見守る。

「これは――」

シュトラエルの吊り上がった目が、大きく見開いた。

トマスも同様である。

ヴィリバルトは、目をパチパチと瞬《しばた》かせていた。

「ど、どうですか？」

最初に反応を示したのは、ヴィリバルトだった。

「ユウナ、これ、すごくおいしいよ!!」

蜂蜜樹《メルツリー》シロップは蜂蜜以上に濃厚な味がする。香りも良く、味わいはくどくなく、上品なのだ。

そして、かまどで焼いたパンケーキはフワフワ。ヴィリバルトは最高においしいと笑顔を見せた。

「なんだか、明日からでも開店できそうな仕上がりだねえ」

シュトラエルからも、太鼓判《たいこばん》を押される。トマスは何も言わずに、ペロリと平らげてしまった。

言葉はなくとも、彼がどう思ったかがわかる食べっぷりだった。

「ありがとうございます。シュトラエルさんのパンケーキのレシピと、みなさんの協力で作った蜂蜜樹《メルツリー》シロップのおかげです」

「ユウナは謙虚な子だねえ」

「いえ、私は何も」

シュトラエルはふるふると、首を横に振る。

「このパンケーキは、ユウナの情熱があって初めて完成した物だ。世界一おいしいパンケーキだよ。それを誇っていい」

その言葉を聞いたユウナは、感極まってポロリと涙を零《こぼ》してしまう。

「まあまあ、この子は本当に泣き虫だねえ！」

シュトラエルはぎゅっと、優奈を抱き締める。これからも頑張ってお店を開店しようと、耳元で囁《ささや》かれた言葉に、優奈はコクリと頷《うなず》いた。

蜂蜜樹《メルツリー》シロップが完成して、ようやく夢に一歩近付けたのだ。ここに来て本当に良かったと、優奈は心から思った。

第三章　薬草園で喫茶店を開きます！

開店のための準備が着々と進められている。

「トマス、もっと右！」

「どこでも変わらないじゃないか」

「そこからだと、テーブルが照らされてまぶしいんだよ！」

シュトラエルとトマスは、店の天井に吊られた灯《あか》りの交換をしていた。

今までは蝋燭《ろうそく》の灯《あか》りだったが、このたび奮発《ふんぱつ》して魔石灯《ませきとう》を購入したのだ。魔石灯《ませきとう》は光魔法が込められた魔道具で、呪文を唱えたら灯《あか》りが点灯する。

「ほら、右！」

「うっせ」

「そっちは左だよ！」

「ああ〜〜」

トマスが脚立《きゃたつ》に上って付け替えていたのだが、このありさまである。

『ユウナ、良かったね、トマスの坊ちゃん、ここに残ってくれて』

「本当に」

そう。トマスは、シュトラエルが満足するまで、この村で過ごすことを決意してくれたのだ。

優奈とアオローラは良かった、良かったと言いながら、二人が喧嘩する様子をしみじみ眺める。

『やっぱり、男手《おとこで》があると助かるねえ』

「夜も安心だし」

と、前向きな返事をしたものの、今の状況を手放しで喜んでもいられなかった。

トマスやシュトラエルはずっとここにいるわけではない。いずれ、一人で切り盛りをしなくてはいけなくなる。蜂蜜樹《メルツリー》シロップの安定供給の目途《めど》が立たないことも、不安の種だ。

さらに、トマスと暮らして気づいたことがある。店の経営や安全な生活のためには、男性の手が必要なのだ。この先、優奈に手を貸してくれる人は現れるのか。悩みは尽きない。

『ユウナ、何か思いつめている？』

「まあ、いろいろね」

残念なことに、優奈は分別《ふんべつ》のある大人だった。何も知らない若い頃にトリップしていたならば、もっと気楽に過ごせたのにと考える。

「でも、私にできることをするしかないよね」

天気は良く、薬草園のハーブは青々と生《お》い茂り、シュトラエルも元気だ。それだけで幸せだと、優奈は思う。

「よし！　今から村へ営業に行くよ！」

『ユウナ、あんまり無理しないでね〜〜。気合とか入れていると、すっごく不安になるう〜〜』

「大丈夫、大丈夫！」

はりきって、村にでかけた。


——薬草園の菓子屋『猫耳亭』、おいしいお菓子作ります。

お菓子製作の依頼を、ヴィリバルトだけではなく村人からも募《つの》ろうと画策《かくさく》した優奈は、さっそく行動に出た。宣伝文句が書かれたチラシとポスターの束を、行きつけの商店である小熊堂に置いてもらえるよう、お願いに行く。

「おう、ユウナちゃん、頑張っているんだな」

「はい、おかげさまで」

優奈の友人アリアの父であり、店主のビリーは人の良さそうな笑みを浮かべ、優奈を出迎える。

さらに、店頭でのチラシの配布も快諾《かいだく》してくれた。

「しかし、お菓子か〜」

何か問題があるのかと、優奈は問いかける。

「いや、村の奴らは、シュトラエルの婆さんのパンケーキ以外であまりお菓子を食べていなかったから」

砂糖をたっぷり使ったお菓子は手間暇がかかる。忙しい毎日を送る村人達は、お茶の時間にお菓子なんて作らない。

「お茶請けはたいてい、干した果物とか、炒《い》ったナッツ類とか」

「そうだったのですか……」

そもそもお菓子を食べる文化がないとは。まさかの落とし穴だった。小熊堂で売っているビスケットも、ヴィリバルトの助言で王都から入荷するようになったが、売り上げはいまいちだと言う。

「お菓子作りの依頼を待つより、実際に売ってみたらどうだろう？」

「店頭販売ですか」

「ああ。自分では作らなくても、うまそうだったら、手が伸びるかもしれないし」

「なるほど……」

商売云々よりも、まずはお菓子の時間を普及させなければならないとは。

「まあ、シュトラエルの婆さんの店は繁盛《はんじょう》していたから、心配はないだろうが」

「ですが、いずれはこの村で、お菓子屋さんもできたらなと考えているんです」

これは菓子職人である優奈の個人的な野望だ。もちろん、喫茶店があるので、優奈が店主になろうとは考えていない。

「可能ならば、誰かにお菓子の作り方を教えて、ゆくゆくは独立していただきたいなと」

「すごいな、ユウナちゃんは。若いのにそこまで考えているなんて」

「夢みたいな話なんですけどね」

なので、お菓子の販売を村に定着させたい。そう、優奈は考えている。

「わかった。だったら、うちの店で売ろう。お客が来たら俺も推《お》しておくから」

「そんな、申し訳ないです」

「いいんだ。ユウナちゃんはアリアとも仲良くしてくれているし、教えてもらったお茶もおいしかったし、何かお礼をしたいと思っていたんだよ。もちろん、委託料は必要ないから」

あまりの好条件に、ならばと、優奈も条件を出す。

「では、私を賃金なしで、このお店で雇っていただけないでしょうか？」

「そんな、悪いよ」

「お店にいて口で説明したほうが、お菓子の魅力も伝わりますので」

「……う～ん、なるほどな。よし、わかった。そうしよう」

「ありがとうございます！」

話し合いの結果、優奈は朝から昼までの四時間、小熊堂で働くことになった。

小熊堂でビスケットを購入した優奈は、家までの道を、ぶつぶつと独り言を呟きながら歩く。

「朝早く起きて、お菓子作って、掃除して、朝食作って、薬草園の手入れに行って……」

『ユウナ、それ、一日で全部するのは無理だよ』

「大丈夫」

『いやいやいや！　シュトラエルに相談しようよ～』

その言葉に優奈はハッとして、頭を抱えた。

「私ったら、小熊堂で働くことを、シュトラエルさんに相談しないで決めてしまった！」

『うん、まあ、それも気になってはいるけれど……』

アオローラは優奈を諭《さと》す。

『ユウナ、一気にいろいろしたら、また倒れるからね。そうなったら、シュトラエルの寿命も縮んじゃうから。それにまた、ヴィリバルトにも迷惑をかけることになるし』

「そ、そうだったね」

『お菓子に対する情熱は認めるけれど、空回りしないでね。周りが見えなくなるのは、ユウナの悪いところだよ』

冷静さを取り戻した優奈は、とりあえず帰ったらシュトラエルに相談しよう、そう考えながら家《いえ》路《じ》に就《つ》いた。


「すみません、小熊堂で働く間、お仕事を手伝えなくなります」

シュトラエルに小熊堂でのことを報告すると、あっさりとした一言を返される。

「いいんだよ。ユウナの好きにおし」

今はトマスもいるのだから、人手のことなら気にするなと、シュトラエルは言った。

「朝はお菓子作りに専念するといい。掃除と薬草園のお世話もしなくて大丈夫だよ。その代わりと言っちゃなんだが、簡単な物でいいから、朝食は用意してくれたらうれしい」

「いいの、ですか？」

「ああ、いいとも」

優奈は深々と頭を下げて、感謝の言葉を口にした。

「我儘《わがまま》で、すみません」

「こんなの、我儘《わがまま》でもなんでもないよ。それよりも、ユウナがしたいことに挑戦してくれるのが嬉しいのさ」

「ありがとうございます」

胸がじんわりと温かくなる。夢を応援してもらえることは、こんなにも嬉しいのかと、感極まった。

「私、頑張ります」

『あ、ユウナの頑張るは禁止だから』

すかさず、アオローラがツッコミを入れる。

「それに関しては、私も賛成だねえ」

「でしたら、どうすれば」

『ユウナは頑張らない』

「ええ、そんな……！」

適度な活動をするように二人に念押しされ、優奈はうな垂れた。


翌朝。優奈はお菓子の試作品を作ろうと、台所に立つ。材料は、小熊堂で買ったビスケットと、庭で収穫したベリー類。

『ユウナ、今日は何を作るの？』

「でき上がってからのお楽しみ、かな」

『うひょ～、期待が高まりますな！』

アオローラに見守られながら、調理を開始する。

まず、ビスケットを開封し、煮沸消毒《しゃふつしょうどく》しておいた革袋に入れて、こん棒で叩いた。粉末状にしたビスケットをボウルに入れて、溶かしバターを流し込んで混ぜる。これをパンケーキの型に入れて、器《うつわ》に沿うようにぎゅっぎゅと平らにしていく。小さな型なので、少なめの生地でも五つほど作ることができた。かまどで十五分ほど焼いたら、タルト台のでき上がり。

次は、カスタードクリームの準備だ。

まず、鍋に牛乳を入れて、ふつふつと気泡《きほう》が立つまで火にかける。ボウルに卵黄、小麦粉、砂糖を入れて、なめらかになるまでヘラで混ぜた。そこに温めた牛乳を入れて、さらに攪拌《かくはん》。

混ぜ合わせたものを鍋に移し替え、もったりするまで加熱する。

「よし、できた」

『わお、おいしそ～』

優奈は粗熱《あらねつ》が取れたカスタードクリームを匙《さじ》で掬《すく》い、アオローラの嘴《くちばし》へと持って行く。

『う～ん、濃厚！　お店で出せる味だね！』

「いや、私がお店で出していたカスタードクリームなんだけど……」

『そうだった。ユウナが菓子職人だって設定、すっかり忘れていたよ』

「設定って……」

アオローラの発言はスルーしつつ、最後の仕上げをする。カスタードクリームをタルト台に流し込んだ上に、宝石のように輝くベリーを載せた。

ベリータルトの完成である。三つはシュトラエルとトマス、アオローラのために取り置いて、二つは小熊堂へ持って行くことにした。

店を訪れると、優奈を出迎えたアリアが、店番中のビリーも誘ってちょうどいいからお茶の時間にしようと言った。

「お店、大丈夫なのですか？」

「用事があったら声をかけてくるだろう」

商品が盗まれたりしないのだろうかと防犯的な問題も気になったが、平和な村なので大丈夫なのかもしれない。優奈はそんなことを考えつつ、店の奥にある居間にお邪魔した。

アリアが淹《い》れてくれたのは、以前優奈が教えた、ラベンダーとミントのブレンドティーだ。

「これ、さっぱりした後味で、お気に入りなんだ」

アリアの言葉に、優奈は笑顔を返す。ラベンダーのみだと多少癖があるので、ミントを入れて爽《さわ》やかな味わいに中和させるのだ。優奈は籠《かご》からタルトを取り出した。

「わっ、綺麗！」

「上品なお菓子だな」

ベリータルトを、優奈はナイフで六等分に切りわけた。

「ユウナ、これ、フォークで食べたほうが良いの？」

「う〜ん、小さいから、そのままかぶり付いても大丈夫じゃないかな」

直径十五センチ程度のパンケーキ用の小さな型を使って焼いたので、一人分は一口サイズになる。

これなら忙しい村人でも、気軽に食べられるのではと思う。

アリアはさっそく、タルトを一つ摘まんで食べた。

「ん、おいしい！　甘酸っぱいけど、中のクリームは濃厚な甘さで、いいね！」

普段、あまり甘い物を口にしないビリーにも好評だった。

「実は土台の生地に使っているのは、このお店で売っているビスケットなんです」

タルト台は簡単に作れる。お菓子だけでなく、ミートパイなどの肉料理に使ってもおいしい。

「カスタードクリームは少々手間がかかるので面倒ですが、タルト台がお料理に使えるのならば、ビスケットも売れるかもしれません」

何せ叩いてバターを入れて焼くだけなのだ。希望者には、私が作り方を教えますと優奈は話した。

「ビスケットが売れたら、小熊堂さんの利益にもなるかなと思いまして」

「まさか、うちの店のことも考えてくれていたなんて……。ユウナちゃん、あんたって子は！」

情に厚いビリーは涙目になる。

「ビスケットが売れるかはわかりませんが」

「いいや、その気持ちが嬉しいんだ」

「そうだよ、ユウナ！」

親子揃ってウルウルされてしまい、優奈も胸がいっぱいになった。

「しかし問題は、このタルトとやらの値段設定だな。あんまり安く売りすぎると、お菓子の価値が落ちてしまう。かといって高く設定すれば、お客は見向きもしない」

「そうですね……」

商品の値段は、材料費だけで決まるわけではない。原材料費や仕入れ値のほか、必要経費を算入し、そこへ利益を乗せて売り出すのだ。

「半銅貨一枚のビスケットですら、村人は見向きもしないからな」

「ユウナはどれくらいがいいと思う？」

優奈の勤めていた店では、タルトは一切れ九百円だった。ホールだと六千円前後。ここでいう半銅貨は、日本円だと百円くらい。今回のタルトは小振りで、使った材料はビスケット、小麦粉、バター、卵、砂糖、牛乳、ベリーなど。

卵はシュトラエルの家で飼育している鶏《にわとり》が産んだ物だし、小麦粉、バター、牛乳などは日本の半額以下の値段で手に入る。なので、利益を乗せても、パンケーキサイズならば、銅貨二枚――四百円ほどで売ることが可能だ。

「銅貨二枚か……」

「ちょっと厳しいかもね」

だが、ここで安く売ってしまったら、以降、この村でのお菓子の価値が下がってしまう。

それだけは、避けたかった。

「わかった。銅貨二枚で売ってみよう」

「そうだね。まずは挑戦だ」

「はい、ありがとうございます。頑張ります！」

こうして、さっそく明日から優奈の作るお菓子の販売が始まることになった。


翌日。優奈は早起きをして、ベリータルトを作り始めた。小麦粉の分量を量《はか》り、卵を割って、ボウルの中で生地を混ぜる。おなじみの作業に菓子職人時代を思い出し、苦笑する。

今まで、顔も知らない相手のためのお菓子をひたすら機械的に作っていたが、楽しさややりがいは全く感じられなかった。

徹底的に作り手に回ることは、元々性に合っていなかったのだなと、振り返る。

たくさん売れなくてもいい。一つ一つ丁寧に届けたいと、優奈は昔から考えている。

それが、夢のような話だとわかっていても、優奈の菓子職人としての心が望んでしまうのだ。

『うっわ～!!』

焼き上がったベリータルトを見て、アオローラは目を輝かせた。全部で十個のベリータルトが並べられている。

『ユウナ、これ、全部お店の？』

「そうだよ。売れ残ったら、アオローラが食べていいよ」

『やった～！　でも、ユウナのお菓子はおいしいから、きっと完売《かんばい》だよね』

「それは、どうだろう？」

やはり、価格設定が心配の種であった。

「ダメダメ、売る前から不安になったら！」

優奈は頬をパンと叩いて気合を注入すると、二段の籠《かご》にベリータルトを入れた。

その後、シュトラエルとトマス、アオローラと朝食を囲む。

「こんな手の込んだスープを朝から作ったのかい？」

「いえ、スープは昨日作りました。タルト台を焼いている間に、ささっと」

朝食担当を任された優奈は、昨夜のうちに、そら豆をペースト状にして作ったポタージュの仕込みを終えていたのだ。

「無理しなくてもいいからね」

「ありがとうございます」

デザートは余ったカスタードクリームで作ったプリン。蜂蜜樹《メルツリー》シロップで風味を付け、ゼラチンで固めたお手軽レシピである。アオローラはうっとりしながら食べていた。

『ああ～、蜂蜜樹《メルツリー》シロップが香ばしくて、プリンはとろける～』

「本当に、これはおいしいねえ」

シュトラエルはプリンというものを初めて食べたようだった。トマスも気に入ったのか、あっという間に完食してしまったので、お腹いっぱいだったユウナは自分の分を分けてあげた。

『あ～、トマス、ずる～い！』

非難に耐えきれなかったようで、トマスはアオローラにも半分分け与えた。

『あら、意外と優しい。トマスとは仲良くなれそうかも』

「……食い意地の張った鳥だ」

『ええ～』

二人のやりとりを見て、優奈は微笑む。重くなっていた心は、いくらか落ち着いていた。


その後、シュトラエルに見送られて、小熊堂に初出勤する。

「ユウナ、どうすべきか、わかっているね？」

「はい、頑張らない、ですよね」

「そうだ」

トマスは無言でシュトラエルの背後に佇《たたず》んでいたが、きっと応援してくれているのだと思い、微笑みを向けて家を出る。

「おはよう、ユウナちゃん」

「おはようございます」

小熊堂の熊のように大柄な店主、ビリーに、元気いっぱいな挨拶を返される。

「ベリータルトはここに置けばいい」

そこは、店の中でも一番目立つ場所だった。乾燥を防ぐためのガラスケースも、すでに設置されている。

「ありがとうございます」

優奈はぺこりと頭を下げる。加えて店主は、ケースの中を冷やすために氷の魔石も準備してくれていた。

「これがあれば、タルトが傷《いた》むこともないだろう」

「ありがとうございます。本当に、嬉しいです」

傷《いた》む可能性など、考えもしなかった。冷蔵庫やクーラーが当たり前のようにあった日本の感覚を引きずっていたのだ。優奈は再度、ビリーに感謝する。

そして店番の軽い説明を受けたのちに、小熊堂は営業を開始した。

開店と同時に、客がやって来た。四十代くらいの女性で、優奈ともたまに挨拶を交わす仲である。

「いらっしゃいませ」

「あら、シュトラエルさんのところのお嬢さん。ここで働き始めたのね」

「はい」

女性の目的は小麦粉と卵。優奈は棚から小麦粉を取り出し、卵は新聞紙に包んで割れないようにする。優奈は最後に、ベリータルトを勧めてみた。

「あの、これ、私が作ったベリータルトなんです」

「まあ、そうなの。とっても綺麗ね！」

反応は上々だったが、値段を告げた途端表情が曇る。

「おいしそうだけれど、今月はちょっと厳しくて」

「そう、ですよね」

優奈は笑みを浮かべ、女性を見送る。それからも数人の客に勧めるが、興味こそ示してくれても、一枚も売れなかった。

こうして、小熊堂での初日の業務はあっけなく終わった。


昼に一度帰宅した優奈は、夕方トボトボと小熊堂を目指す。ベリータルトが売れていることは、全く期待していなかった。小熊堂では、すでにアリアが店じまいを始めており、優奈に気づいて声をかける。

「あ、ユウナ、あの、おつかれ」

「お疲れ様、です」

アリアの態度がぎこちなかったので、優奈もつられてしまう。

視線をベリータルトのガラスケースへと移すと、十個あったタルトが二個減っていた。

「あれね、ベリータルト、二つ売れたよ」

「ありがとう、ございます」

じっと目を見てお礼を言うと、アリアはサッと顔を逸《そ》らした。おそらく、アリアとビリーが買ってくれたのだろう。申し訳ないと思ったが、それ以上に、二人の心遣いに胸が温かくなる。

優奈は何も言わずに笑みを浮かべ、再度礼を言った。

ベリータルトは持ち帰って、約束通りアオローラにあげよう。甘党のトマスも、きっと食べてくれるだろうと思う。タルトを籠《かご》に戻そうとしていると、ヴィリバルトがやって来た。

「あれ、ユウナ？」

「ヴィリバルトさん、こんばんは」

ヴィリバルトは驚いた顔で近付いて来る。アリアは空気を読んで、店の奥へと引っ込んで行った。

「どうしたの？　そのお菓子は？」

「今日からお菓子を販売して、村の方の反応などを知りたいなと思っていたのですが――」

村人のお菓子に対する感覚、生活がギリギリで気軽に購入するには価格が高すぎることなどを、ポツリ、ポツリと語る優奈。売れ残ったタルトに視線を移し、ヴィリバルトは切なそうな表情を浮かべた。

「……そっか。感覚の違いについては、私も気になっていたんだ」

ヴィリバルトは子どもの頃、ご褒美として、お菓子をもらうことがあった。王都で人気の菓子店のケーキやビスケットはどれもおいしく、子ども心に楽しみだったと言う。

「そういう思い出があったから、ここの村にもお菓子を普及させようって思っていたんだけどね……」

ヴィリバルトの提案で入荷したビスケットの売り上げは良くないという話は、本人の耳にも入っていた。どうするべきか考えていたが、名案は浮かばなかったと話す。

「ユウナの国ではどうだったの？　子どもの頃、どんなお菓子を食べていた？」

「子どもの頃……」

施設ではお小遣いなど、当然なかった。お菓子といったら支援者から送られてきた物だけで、優奈達は十円や二十円で買える駄菓子《だがし》をたまの楽しみにしていた。

「駄菓子《だがし》──そうだ！」

優奈の脳に、パッとアイディアが閃《ひらめ》いた。

「ユウナ？」

「私達は子どもの頃、駄菓子《だがし》と呼ばれる安価なお菓子を食べていたんです」

棒状のスナック菓子、一口大のチョコレート、餅を模した糖衣菓子《とういがし》、紐《ひも》の付いた飴など。

その一つ一つは小さくて、ささやかなもの。庶民の子どものために、安い値段で売られているお菓子の存在を、優奈は今になって思い出した。

「ベリータルトもそのまま売るのではなく、カットして販売すれば……！」

けれど、カットして売っても半銅貨一枚。百円ほどの価値となる。同じ値段のビスケットでさえ売れなかったのだ。優奈の作る小さなお菓子を、どれだけの人が買いたいと思うのか。

「子どもが相手なら、半銅貨一枚でも、ちょっと厳しいかもしれないね」

「はい。最低でも、軽銅貨《けいどうか》三枚くらいに抑えたいです」

軽銅貨《けいどうか》は日本円で十円。三十円くらいのお菓子が作れないものかと、考える。

「まずは、お菓子の品目から変えたらどうだろう？　スコーンとか、ビスケットとか」

「あ、そうですね！」

タルトだって、カスタードクリームとベリーにこだわる必要は全くない。

「タルト台には、乾燥果物を入れた生地を流して焼いてもおいしいです。そうすれば、費用も切り詰められるはず」

ヴィリバルトと話をしているうちに、どんどん解決策が浮かんできた。

「ヴィリバルトさん、ありがとうございます！」

「べつに、私は何もしていないよ」

「いいえ、アイディアが浮かんだのは、ヴィリバルトさんのおかげです」

優奈はヴィリバルトの手をぎゅっと握り締め、笑顔でお礼を言う。

夕陽に照らされ、頬に赤みを帯《お》びたように見えるヴィリバルトは、目を丸くしていた。

そこで、優奈は我に返る。彼は領主なのに、馴《な》れ馴《な》れしくしてしまったと。

「す、すみません」

「あ、いや、私も、ごめん」

動揺しながらも、優奈は売れ残ったベリータルトを全て籠《かご》の中に収めた。

あとは帰るだけだと思っていたが、そこでヴィリバルトが思わぬ提案を口にする。

「ユウナ、それ、全部買ってもいい？」

「ダメ？」と重ねて問われ、慌てて優奈は首を横に振るが、売れ残りを買ってもらうなんて、なんだか申し訳ない気持ちがする。

「昨日納品してもらった焼きメレンゲがお客さんに好評でね。今日もまだ滞在する予定だから、これも気に入ってくれるんじゃないかなって思ったんだ」

そう、王都からの使者に出すお菓子を、昨日優奈は依頼されて作っていたのだ。

どうやら気に入ってくれたようで、ホッとする。

「だから、お願い」

「そうだったのですね。はい、ありがとうございます」

このようにして、ベリータルトは思いがけず完売《かんばい》となった。

代金を支払ったヴィリバルトは、優奈の手を取り、手首の水晶にキスをする。

「ユウナ、また明日！」

優奈が顔を赤くしている間に走り去って行く青年の姿を、優奈はぼんやりと見つめていた。


そうして優奈のお菓子の大改革が始まった。

まずはコストを切り詰め、日本円にして二十円から三十円くらいまでのお菓子を考える。

スコーンに、ビスケットに、ベルベットタルト、焼きメレンゲなどなど。

けれど、売り上げはまだ伸びない。どうすべきか考えていた優奈は、「一度でも食べてもらえたら、きっと気に入ってくれるはず」というアリアの言葉で、ハッと思いつく。

翌日から、優奈は売れ残りのお菓子を使って、試食を始めたのだ。

すると、お菓子はみるみる売れるようになった。しだいに、子ども達がお小遣いを握り締めて、買いに来るようになる。

この頃から、アリアもお菓子作りに興味を持つようになり、優奈はアリアにレシピを伝授した。

お店で販売しているのは簡単なお菓子だったこともあり、元々、料理上手だったアリアは、一ヶ月ほどの修行でおいしいお菓子を作れるようになった。彼女の作ったお菓子はとてもおいしく、優しい味がする。アリアはお菓子作りを楽しいと言ってくれた。他にもいろんなお菓子の作り方を覚えたいとも。

ここで優奈は、小熊堂でのお菓子販売から撤退しようと思っていると、ビリーとアリアに告げた。

「えっ、ユウナ、お菓子の販売やめちゃうの？」

残念そうなアリアの言葉にコクリと頷《うなず》く。そろそろ、喫茶店の開店準備をしなくてはならないのだ。

「お店のお菓子はもう全てアリアが作れます。なので、大丈夫です。もちろんこの先、人手が足りなくなった時は、できる限りお手伝いに来ますので」

「ユウナちゃんの教えてくれたお菓子、アリアが作って、うちで売ってもいいのかい？」

「そうしてくれたら、私も嬉しいです」

「ユウナ！」

アリアに抱き締められる。優奈は優しく背中を撫《な》でた。

「いろいろと、お世話になりました。すごく勉強になりましたし、たくさんの人とお話しできて、本当に嬉しかった」

お菓子販売に奮闘したこの一ヶ月。スコーンが大好物な老夫婦に、優奈のビスケットを買うために毎日家の手伝いを頑張っている少年、キラキラした目でお菓子のガラスケースを覗《のぞ》き込む少女など、今まで知らなかった客の姿を見ることができた。

優奈のお菓子は、確実に村人達の楽しみになりつつあったのだ。

「おかげでうちも、店が賑《にぎ》やかになってね。相乗《そうじょう》効果で他の商品も売れているし、ユウナちゃんには感謝しかないよ」

困ったことがあればなんでも相談してくれと、ビリーは言った。

「ユウナ、喫茶店のお手伝い、私もするから！」

「ありがとう、アリア」

トマス達のおかげで、喫茶店の準備も着々と整いつつある。優奈の夢だった喫茶店が、もうすぐオープンするのだ。

村の掲示板に告知のポスターを貼っていると、多くの人から「楽しみにしている」と声をかけてもらった。期待に応えるためにも、頑張らなければと思う。

喫茶店オープンまであと少し。優奈は腕まくりをして、今日もお菓子を作るのだった。


その晩、優奈はシュトラエルに質問してみた。

「あの、以前の、猫耳亭はとても繁盛《はんじょう》していたそうですが、その……」

猫耳亭――かつてシュトラエルと、異世界人アマンダが切り盛りしていた喫茶店。二人の大事なお店を、自分はちゃんと守っていけるだろうか。

「流行《はや》るとか、流行《はや》らないとか、気にすることはないよ。ユウナだけの喫茶店を作るんだ」

ポン！　と、肩を強く叩かれた。優奈は嬉しくて泣きそうになったが、聞きたいことは実はそれではない。

「以前のお店で、えっと、お金と言いますか……」

「なんだい？」

メニューはフワフワパンケーキとハーブティーのセットのみ。ここの村人はお菓子にお金をかけない。なのに、パンケーキセットは銅貨二枚――日本円で四百円だった。

村人基準でそこそこ高い値段設定なのに、どうして繁盛《はんじょう》していたのかと聞きたかったのである。

「ああ、そういうことかい。そういえば、言っていなかったねえ」

なんと、猫耳亭には裏メニューがあったのだ。シュトラエルはカウンターの引き出しから、黒いメニュー表を持って来る。

「これさね」

「お借りします」

二つ折りにされたメニュー表を開くと、そこには意外な情報が書かれていた。

バター（一箱）＝銅貨一枚、半銅貨一枚。卵（一個）＝半銅貨一枚。牛乳（一パック）＝銅貨一枚。小麦粉（一袋）＝銅貨一枚。野菜類（一個）＝時価。その他＝要相談。

「こ、これは……？」

「代金の代わりに、物々《ぶつぶつ》交換をしていたのさ」

もちろん、全ての村人が物々《ぶつぶつ》交換をするわけではなく、ほんの一部だったと言う。

「確かに銅貨二枚はそこそこ高い値段設定で、冒険だとは思っていたんだけどね。まあ、アマンダのこの提案のおかげで、繁盛《はんじょう》していたんだよ」

きっと、シュトラエルの人望もあったのだろうと、優奈は思う。

「まあでも、毎日通って来るような常連はいなくてね」

皆、一週間から二週間に一度の頻度《ひんど》でやって来ていた。小さな店だったのですぐに満員になるし、二人でやるにはちょうどいい環境だったと、シュトラエルは当時を振り返る。

「他にも、薬草摘みの仕事を請けてくれたお礼に無料券をあげたりもしていたね」

その全ては、アマンダのアイディアだったという。

「なるほど。そういうことだったのですね」

気になっていたことが解消され、胸の中のもやもやも消えてなくなった。

「あの、シュトラエルさん。私もその方法を使っても良いでしょうか？」

「いいけれど、ほとんど利益はなくなるよ？」

「はい、大丈夫、だと思います」

お金はあるに越したことはないが、優奈が追い詰められた時に、お金は何も解決してくれなかった。

その日暮らしにだけはならないよう、これから気を付けていけばいい。

「利益を求めるのはおいおいで、まずは、村人のみなさんに愛される喫茶店を目指したいな、と」

「いいねえ、それでこそ、ユウナの〝新〟猫耳亭だ」

シュトラエルは優奈に手を差し出す。

「これから頑張ろう、ユウナ」

優奈はその手を、ぎゅっと握り返した。

◇◇◇

そして、とうとうオープンになった、喫茶店猫耳亭。店の出入り口には、トマスが作った看板が吊るされている。

『トマスの坊ちゃん、器用だよねえ』

「本当。驚いた」

元騎士であるトマスだったが、店の壁紙の貼り替えや、テーブルやカウンターの色塗り、家具の補強など、意外にもさまざまな面で活躍してくれた。

その甲斐あって、店はすっかり新装し綺麗になったのだ。

トマス特製の看板には、『薬草茶とパンケーキの店 猫耳亭』と彫《ほ》られている。

看板の裏にはメニュー表が張ってある。

パンケーキセット（パンケーキ二枚、薬草茶）――銅貨二枚
おまかせセット（日替わりお菓子、薬草茶）――銅貨一枚、半銅貨一枚
パンケーキ（二枚）――銅貨一枚、半銅貨一枚
おまかせお菓子（日替わり）――銅貨一枚
薬草茶――半銅貨一枚。

※支払は要相談。

結局、セットメニューは二つに絞った。代わりに単品販売も行う。

「ユウナ！」

ヴィリバルトが走ってやって来る。どうやら、朝の忙しい合間を縫って顔を出してくれたようで、肩で息をしている状態だった。

「あの、これ、開店、祝い……」

差し出されたのは、深い緑色のリボン。

「ブラウスの襟《えり》に結んだら、可愛いと思って。ユウナから、皆に渡してもらえる？」

シュトラエルのリボンとトマスのタイも、お揃いのデザインで用意されていた。

「はい、ありがとうございます！　あの、着けてみてもいいですか？」

「もちろん」

優奈はブラウスの衿《えり》にリボンを通し、ちょうちょの形に結んだ。

「どうでしょう？」

「世界一可愛い」

優奈が頬を赤らめるのと同時に、気配を消していたアオローラが耐えきれず、『か～～!!』と叫んだ。

「お店に行きたいけれど、今日は忙しいかな？」

「いいえ、是非、来てください！」

「いいの？」

「はい。おいしいパンケーキを、ご用意していますので」

「そっか。じゃあ、またあとで」

「楽しみにしています」

こうしていったん、ヴィリバルトと別れた優奈は、店を見上げた。

白い壁に、茅葺《かやぶ》き屋根の可愛らしいお店——猫耳亭。

ついに、店をオープンすることができるのだ。この村に来て、早くも一年が経《た》とうとしている。

いろんなことがあったが、こうして、夢を叶えることができたのだ。

それを思うと、胸がいっぱいになる。

日本にいた頃は、ただただ作業のようにお菓子を作っていた。

速さと正確さを求められ、鬼気《きき》迫る中で仕事をする日々は、エクリプセルナルの魂を持つ優奈の精神を削っていくことになった。けれど、女神が元の世界へと戻してくれたおかげで、全てのしがらみから解放された。現在の優奈はのびのびと、お菓子を作ることに専念できている。もちろん、今までの人生が無駄だとは思わない。優しく育ててくれた養護施設の人達、日本の平等な義務教育、そして、菓子作りの知識。全ては、日本で生きてきたからこそ、身に着けられた物なのだ。優奈は心から感謝している。

ふいにアオローラが飛んで来て、肩に止まる。感極まっている優奈に、話しかけた。

『そういえばユウナ、あの件はいいの？』

「あの件？」

『ご実家のこと』

この世界にいる優奈の実の両親は、公爵家の人間だと女神から説明を受けていた。幼少期に地球に移された娘《ユウナ》は、彼らの中では神隠しにあったということにされている。

『ちょっとね、ユウナのご実家について調べたんだ』

現在、公爵家には一人の子どもがいるそうだ。

「そっか。私に、弟か、妹がいるんだ……。だったら、なおさら顔なんて出せない」

『で、でも、ユウナ――』

「今は喫茶店のことで頭がいっぱいだから、その話はまたあとにして」

『う、うん。そうだよね。ごめん……』

優奈は目の前で飛ぶアオローラを両手で掬《すく》い上げ、頬ずりした。

「心配してくれてありがとう、アオローラ」

『ユウナ……』

そう、しんみりしている場合ではない。今は開店準備をしなければならないのだ。

優奈は気を引き締めて店内に戻った。

こうして迎えた開店時間。『営業中』の木札をドアノブにかけに行った優奈は、店の前にできている行列に驚いた。村人達に笑顔で声をかけていく。

「いらっしゃいませ、猫耳亭へようこそ！」

夢にまで見た瞬間を迎える。開店初日とあって、たくさんの人がやって来てくれた。

開店祝いとして村人からもらった花を花瓶に生けると、店内はいっそう華やかになる。

優奈とシュトラエルだけでは手が回らないので、トマスも手伝ってくれることになった。

「……なんで俺まで」

「つべこべ言わずに、これを三番テーブルに運ぶんだよ」

「そんな大声で言わなくてもわかってるんだよ」

忙しい中でも、シュトラエルとトマスは相変わらずであった。

客足が落ち着いたのは、閉店間際。シュトラエルとトマスは先に家へ帰ってもらった。二人で夕食の準備をしているようで、奥から喧嘩をしている声が聞こえる。優奈はぷっと、噴き出してしまった。

「喧嘩するほど仲がいい、かな」

『いや、まあ、そうだといいんだけどねえ』

口論がエスカレートしていくので、アオローラは仲裁をすると言って店の奥へと飛んで行く。

その時、カランカランと、扉が開く音がした。ひょっこりと顔を出したのは、金髪碧眼《へきがん》の美青年――ヴィリバルトである。

「間に合った？」

「はい」

いらっしゃいませと、優奈は笑顔でヴィリバルトを出迎える。

メニューを差し出すと、パンケーキセットのオーダーが入った。

「薬草茶はどうしますか？」

「いつもので」

ヴィリバルトの「いつもの」は、優奈の愛情がたっぷり入ったお茶という意味である。

照れながらも、心を込めて淹《い》れる。泡立て器でメレンゲを作り、できた生地を型に流し、かまどに入れた。

焼けるのを待つ間、ハーブティーの準備をする。ヴィリバルトがなんだか疲れているように見えたので、疲労回復の効果があるハーブを選んだ。

「――お待たせいたしました。アルファルファティーです」

アルファルファは紫色の可愛い小花を咲かせるハーブである。けれど、使うのは花ではなくて葉の部分。カルシウムやミネラルが豊富なことから、地球ではサラダとしても食べられていたが、ここでは乾燥した葉を使う。生の若葉だと、まれに食中毒を起こすことがあるのだ。

緑茶に似た味わいは飲み慣れていないと辛いかと心配したが、ヴィリバルトは気に入ったようでホッとした。だが、のんびりしている間もなく、パンケーキが焼き上がる。

フワフワに焼けたパンケーキを皿に積み上げると、頂《いただき》にバターを載せ、蜂蜜樹《メルツリー》シロップをたっぷりとかけた。

「こちらも、お待たせしました」

「ありがとう。おいしそうだね」

配膳《はいぜん》を終えた優奈はカウンターに戻って皿洗いを始める。

ちらりとヴィリバルトを見ると、おいしそうにパンケーキを頬張っていた。その姿を見て、安堵《あんど》の息を吐く。

こうして、開店一日目は平和に過ぎ去った。


それからというもの、猫耳亭は大繁盛《はんじょう》。優奈は慌ただしい毎日を過ごしていたが、日本で働いていた頃の忙しさとは全く違い、充実していた。

特にヴィリバルトは毎日通い、すっかり一番の常連となっている。

来店時間はまちまちで、今日は閉店間際の、客が誰もいない猫耳亭にやって来ていた。

「ユウナ」

「はい？」

パンケーキを食べたあと、話があると手招きされた。タオルで濡れた手を拭《ぬぐ》い、客席のほうへと回り込む。

「実は今度、私の母がこの村に静養に訪れることになったんだ」

「ヴィリバルトさんの、お母様、ですか」

「そう。とは言っても、私は父から勘当《かんどう》された身だから、今は他人状態なんだけど」

思いがけぬ告白に、なんと言っていいのか、言葉を失う。

たまに、ヴィリバルトが悲しい目をしていると感じたのは、これが原因だろうか。だが、それを突っ込んで聞いてもいいのか、優奈は判断に迷う。

「元々、体が弱い人で、前から田舎《いなか》で静養したほうがいいって勧めていたんだけどね」

やっと許可が下りたのだと話す。先日の王都からの使者は、領地の環境を調べるためにやって来たのだそうだ。

「ここはのどかなところだし、お菓子の評判も良かったから、許可が出て――」

だから優奈の喫茶店を紹介してもいいかと聞かれる。

「それは、もちろん！」

「良かった」

ヴィリバルトはにっこりと、花が綻《ほころ》ぶような笑みを浮かべた。

「あの人……公爵は頑固な人で、説得に苦労したんだ」

「公爵様、ですか？」

「うん。前に話したことがあったよね？　ベルバッハ公ルッツ・ヴェンツェル。今は勘当《かんどう》中だから、父ではなく、ただの知り合いのおじさん」

ヴィリバルトの言葉に、衝撃を受ける。ぐらりと、視界が歪《ゆが》んだような気がした。

優奈は思わず、口元を押さえる。

ベルバッハ公ルッツ・ヴェンツェル――それは、優奈の実の父親だ。

ヴィリバルトはベルバッハ公を父と呼ぶ。

「……ルトさん、は、私の……弟？」

「どうかした？」

顔を覗《のぞ》き込まれ、優奈はビクリと肩を揺らした。

「い、いいえ、なんでも」

指先が震え、頭の中が真っ白になる。

先日アオローラが言っていたではないか、公爵家には、もう一人子どもがいると。

でもそれが、ヴィリバルトだったなんて。優奈は頭を抱え込む。

「また魔力が足りないの？」

「え？」

ヴィリバルトは不安げな表情で優奈を見ている。

この優しい人に、心配をかけてはいけない。そう思い、少し疲れたとだけ返した。

「ユウナ、今日はゆっくりと眠って」

「はい、ありがとうございます」

ヴィリバルトは別れ際に、優奈の水晶へキスをした。体に魔力が満たされる。

いつもは恥ずかしさでドキドキする行為だったのに、今日は違う。

ドクンと、胸が大きく鼓動を打った。

「お大事にね」

「はい」

優奈は去りゆくヴィリバルトの後ろ姿を、ただただぼんやりと眺めて、見送った。

◇◇◇

肖像画で見た優奈の母マリアベリーは、美しい金髪に細身の、薄幸《はっこう》そうな女性であった。

その儚《はかな》い雰囲気は、言われてみればヴィリバルトと似ているかもしれない。

しかしながら、肖像画を女神に見せてもらったのは一年前。その顔もすでにおぼろげである。

――ヴィリバルトは優奈の弟だった。

胸の中にあった彼への想いは確かに特別なものである。だがそれが何であるかを考えることは、後回しにしていたのだ。

今日それが、家族愛であることが、確定してしまった。そのことに、優奈はなぜか切なさを覚える。

今までもずっとヴィリバルトを弟のように思って接していたはずだが、そうではなかったのかと自らに問いかけるも、はっきりとした答えは浮かんでこない。

けれどこれからは、本当の弟として接しなければならないのだ。

家族とは、どういう風に振る舞えばいいのか。物思いに耽《ふけ》っていると、アオローラに声をかけられる。

『――ユウナ？』

「え、何？」

『あ、いや、手が止まっているからさあ……』

そうだ、明日出すお菓子を作っている途中だった。はあと、溜息が出る。

『疲れた？』

「そうかも」

『もう一人店員を雇ったほうがいい気もするけれど、今の経営状態だとまだ無理だよね』

「ええ……」

今は喫茶店を頑張らなければならない時期だ。ヴィリバルトについて考えている場合ではない。

優奈はアオローラに、頬を思いっきり叩いてくれとお願いした。

『いや、ユウナを叩くとか、無理だよ！』

「お願い。なんか、雑念がすごくて」

『無理無理無理無理〜！』

そんなやりとりをしていると、トマスがひょっこりと顔を出す。

「何を騒いでいるんだよ」

「トマスさん！」

優奈は嬉しそうな表情でトマスに駆け寄る。目の前に近づかれたトマスは、ぎょっとした様子でのけ反った。

「な、なんだよ！」

「あの、お願いがあるのです！　その、私の頬を思いっきり叩いてください！」

「は、はあ⁉」

「すみません、調理中で手を使えないので、自分で叩くわけにもいかず……」

「お前、何言ってんだ？」

「どうか、お願いいたします」

キラキラした目で頼んでみたが、即座に却下された。

「どうしてですか？」

「お、女子どもに手を上げることは、俺の信念に反すること、だから」

『おっ、騎士道精神だね。ご立派！』

囃《はや》したてるアオローラをトマスはギッと睨《にら》む。それを聞いた優奈は肩を落とし、妙なお願いをしてしまったと、頭を下げた。

「そうだよね……。誰かに頼って、気分を変えようだなんて、間違ってた」

今はただ、お菓子作りに集中しよう。優奈は木べらを握り締め、調理を再開させた。


本日は猫耳亭の店休日。だからといってゆっくり休むということもなく、優奈とトマスは蜂蜜樹《メルツリー》の生える森に足を運ぶ。

村の森には、蜂蜜樹《メルツリー》が百本以上も自生していた。

その一本一本にヴィリバルトとトマスが術をかけて、いつでも樹液が採《と》れるようになっている。

今日は、樹液を採ったあとの木に、魔石肥料を与えるためにやって来たのだ。これを与えておくと、樹の中で再度デンプン生成が促《うなが》される。木を回復させる成分もたっぷり含まれているので、短期間でダメージが補修できるのだ。

魔石肥料の中身は、砕いて粉末状にした、森の加護がある魔石に、鶏糞《けいふん》、牛糞《ぎゅうふん》、堆肥《たいひ》、油粕《あぶらかす》、灰など。さまざまな物を混ぜて作ってある。

村の樵《きこり》に作り方を聞き、トマスとシュトラエルの三人で仕込んでおいた。

幹の周囲を掘って、肥料を入れて土を被《かぶ》せ、水をたっぷりと与える。それを、樹液を採った五本の木に施《ほどこ》す。二人がかりであったが、二時間もかかってしまった。慣れない仕事だったので、優奈、トマス、共に疲労困憊《こんぱい》状態である。

「疲れた」

「ありがとうございました」

トマスは腰が限界だと、草むらに寝転がる。優奈も隣に座った。

さらさらと、心地良い風が流れる中、トマスがぼそりと呟いた。

「……なんか、すげーのどか」

「トマスさんの国は、一年のほとんどが雪、でしたっけ」

「まあな」

深い雪に包まれたように存在する、白竜《はくりゅう》に守護されし国『アスプロス』。

「あの国だったら、今頃の時間は真っ暗だ」

「まだお昼なのに？」

「ああ。あっという間に陽《ひ》が沈んでしまうんだ」

なので、アスプロス人がこの国を楽園と言うのは、仕方がない話なのかもしれないと呟く。

「バアさんが帰りたくない気持ち、よくわかったよ」

「そうですね。ここは、本当に素敵な場所です」

優奈にとっても、この村は楽園であったのだ。と、ここで、トマスが突然起き上がる。

「どうかしましたか？」

「ゲッ、あいつだ‼」

指さす方向に、人影がぼんやりと浮かんでくる。目を凝《こ》らした優奈は、それが誰かに気づいた。

「ヴィリバルトさん、ですね」

「……俺、あの男、死ぬほど苦手」

トマスは立ち上がり、服に付いていた草を落とす。

「喧嘩を売るなって言われているけれど、顔を見るだけでムカっとして、気づいたら毎回言い合いになっているんだ」

その度に、シュトラエルにきつく怒られるのだと、うんざりしながら話すトマス。

「そういうわけだから、避けることにしている。言っておくが、逃げるわけじゃないからな！」

「は、はあ……」

そんな言葉を残して、トマスはヴィリバルトが来た方向とは違うほうへ走り去った。

ほどなくして、ヴィリバルトが優奈のもとへとたどり着く。

「こんにちは、ユウナ。隣、座ってもいい？」

「こんにちは。えっと、はい、どうぞ」

ぎこちない返事をする。隣に腰かけただけなのに、胸がドキドキと早鐘《はやがね》を打っていた。

「ユウナも蜂蜜樹《メルツリー》の様子を見に来たの？」

「はい。この前話した、魔石肥料を……」

すると、ヴィリバルトも蜂蜜樹《メルツリー》の木の様子を見に来たと話す。

「おかげさまで、たくさん採《と》れています」

「良かったね」

猫耳亭で独占してしまっていることを謝罪したら、とんでもないと返された。

「樹液はトマス君の氷魔法がないと採《と》れないし、村の人もそのおかげで喫茶店ができたと喜んでいたから、気にすることはないよ」

「はい、ありがとうございます」

にっこりと美しい笑みを向けられたが、ふいと顔を逸《そ》らしてしまう。

彼は弟なのだから、ドキドキしてはいけないのに……

ヴィリバルトの隣で、そわそわと落ち着かない気持ちになる優奈。しっかり、家族として振る舞わなければと思う。今まで家族がいなかったので、どう接していいのかわからなかったが、シュトラエルが優奈にしてくれたことを思い出してみた。

落ち込んでいたらぎゅっと抱き締め、嬉しいことがあったら頬にキスをする。

愛を与えたら、同じだけ返してくれる。それが家族なのだ。

ヴィリバルトは今までたくさんの愛をくれた。なのに、優奈はまだ何も返していない。

世界でたった一人の弟なのに、なんて薄情なことをしていたのだと、落ち込んでしまう。

もらった愛は、返さなければ。それは、態度でわかりやすく示さなければ伝わらない。

かつて優奈がそうであったように、ヴィリバルトも家族の愛に飢《う》えているように見える。

実家から勘当《かんどう》されたという彼の傍《そば》にいる家族は、今や優奈しかいないのだ。

「ヴィリバルトさん」

「なんだい？」

「……抱き締めても、いいですか？」

「え、どうしたの、ユウナ!?」

すぐに受け入れてくれると思いきや、ヴィリバルトは驚いた顔でユウナを見返した。

「そうしたいと、思ったからです」

「でも、今までそんなこと言わなかったじゃないか。何か悩みでもあるの？　私に話してくれないかな？」

「心のままに抱擁《ほうよう》することは、おかしいのでしょうか？」

寂しい思いをしている弟をなぐさめてあげたい。優奈はその一心で、じっと、ヴィリバルトの顔を見ながら問いかける。

二人はしばし見つめ合っていたが、ヴィリバルトは「おかしくない」とふるふると首を横に振った。その瞬間、優奈は腹を括《くく》り、ぎゅっとヴィリバルトの体を抱き締める。

勢いが良過ぎて、草むらに押し倒してしまう形となった。

今はまだ、真実を告げる勇気は出ない。

けれどあなたは、私にとってすでに大事な家族だと伝えなければ。

そして、ヴィリバルトの耳元で囁《ささや》く。

「私の、家族になってください」

幕間　ヴィリバルトのひとりごと

ヴィリバルト・レンドラークと、ユウナ・イトウとの出会いは一年前——良く晴れた暖かな日のことだった。

『こっち、こっち！　お願い、早く来て！』

喋《しゃべ》る白い小鳥に呼ばれて、普段は足を踏み入れない薬草園を横切る。

導かれた先にいたのは、花に囲まれるようにして眠る女性。

その様子がまるで棺桶《かんおけ》の中のように見えて、ドクンと、胸が高鳴る。

幼少期の、肉親の葬式の記憶と重ね合わせてしまい、ぐらりと視界が傾いた。

しかし、よくよく見れば彼女は生きている。一瞬、睫毛《まつげ》がふるりと揺れたのだ。

ここで、ヴィリバルトはハッと我に返った。

「君、大丈夫⁉」

声に反応し、彼女が僅《わず》かに瞼《まぶた》を開く。見えた瞳は黒。艶《つや》やかなチョコレート色の髪に、潤《うる》んだ目、肌は少し青白い。村の女性ではなかった。

綺麗な人だ。いったいなぜこんなところにと、ヴィリバルトは疑問に思う。

「私は平気です。どうか、他の困っている人のもとへ……」

声色は弱々しいのに、目にはしっかりと光が宿っている。けれど、この状況は大丈夫とは思えない。ヴィリバルトは女性を抱き上げ、急いで薬草園の主の家に運んだのだった。


庭で倒れていたと説明すると、薬草園の主である猫獣人《ねこじゅうじん》のシュトラエルは、異世界人で間違いないと断言する。しかし、この村は亡命《ぼうめい》や駆け落ちなどをする者が多く集まる土地。ただの異国人では？　という疑問にシュトラエルは首を横に振る。

「この子には、妖精がついている。アマンダと同じ、異世界人に違いないよ」

アマンダとは、この薬草園のもとの主の名だ。四十年ほど前にこの村にいた異世界人である。

駆け落ちしてきたシュトラエルの夫婦とアマンダは意気投合し、シュトラエルの得意料理だったパンケーキを看板メニューにして喫茶店を開いたのだという。その話は、領主を引き継いだ時に、シュトラエルから聞かされたものであった。

「この子は、女神様に何を願ったのだろうか……」

アマンダは赤竜《せきりゅう》の守護する国『エリュトロス』の大英雄の一人。癒《いや》しの力を持つ聖女だった。世界を救い、国王との婚姻が決まったが、正妃の重圧に耐えきれず、この地へ亡命《ぼうめい》してきたそうだ。

「そういえば、この薬草園には女神の守護があるって聞いたことがあるけど……」

「ああ。正確には、アマンダが持つ癒《いや》しの力を使って祝福が与えられた薬草園だ。聖女の力は女神に由来するから、そうぼかして伝えているのさ」

「なるほど」

ここが聖女の祝福のある薬草園だと知られたら、ウィリティスとエリュトロスとの関係が危うくなる。なので、信頼できる者以外に真実がバレないよう、シュトラエルは前領主から正式な依頼を受けてこの薬草園を管理しているのだと話していた。

「異世界人は表舞台に立たないほうが良い。アマンダは、何度も言っていたよ」

なので、この女性はシュトラエルがここで面倒を見ると言う。確かに彼女はアマンダと同じ異世界人なので、過ごしやすいだろう。しかし、妖精に助けを求められたからとはいえ、最初にこの女性を見つけたのはヴィリバルトだ。何か必要があればなんでも援助するからと言ったが、シュトラエルはふるふると首を横に振る。

「あんたはこの子が異世界人であるということだけ、把握しておいてくれよ。それだけでいいから。あとは何も必要ない」

シュトラエルの一言が、ツキリと胸に刺さる。彼女は全て知っているのだ。

ヴィリバルトが公爵位の継承権を放棄して、この田舎《いなか》の領主になったことを。

今の言葉は、無責任な人物に任せるわけにはいかないと、そういう意味なのだろう。

忠告通り、深くかかわるのは止めよう。

そう考えていたのに、翌日に問題の異世界人――ユウナはヴィリバルトの前に姿を現したのだ。


その日から、彼女との交流が始まる。ユウナは明るく朗《ほが》らかで、働き者の女性だった。

知れば知るほど、魅力的な人物だと思ってしまう。同時に、不安も抱いた。

異世界人の伝承の中に、小さな村を栄えさせた女性の話がある。

彼女は食生活に改革をもたらし、新たな名産品を作って、便利な品々をたくさん発明した。

その全ては異世界よりもたらされた文化や文明であったが、その女性の名は瞬《また》く間に知れ渡り、活躍は村だけでなく、地方、国へと広がった。最終的にその国は大いなる発展を遂《と》げたのだ。

春風で風車が回り、夏の若葉が広がる森に、秋は黄金色《こがねいろ》の麦が揺れる。冬も暖かく、一年中のどかなこの村を、ヴィリバルトは愛している。大いなる発展など、望んでいなかった。

ユウナが女神の祝福を使って、伝承にある女性のように何かし出すのではとハラハラしていたが――そんなことは全くなかった。

それどころか、日々魔力切れを起こし、青い顔をして歩くユウナは、ここで暮らすだけで精一杯に見えた。自分のことだけでも大変なのに、周りを気遣い頑張る姿はどこか痛々しく、目が離せなくなる。

ユウナの持つ祝福は謎のままであったが、そもそも彼女は野望を持つタイプではなかった。その上、この何もない村を愛してくれたのだ。そんな彼女は最近、この村でやり遂《と》げたいことができたと話す。それは、昔あったシュトラエルとアマンダの喫茶店、猫耳亭の復活だった。

異世界人にしてはささいな夢を嬉しそうに語るユウナに、ヴィリバルトは深い羨望を抱く。同時に、キラキラと輝いて見える笑顔が美しいと思った。彼女を見守っているうちに、いつの間にか好意を抱くようになっていたのだ。

ユウナへの気持ちに気づいたのは、シュトラエルに釘を刺された時である。

もしも貴族の一員となれば、ユウナは苦労する。それを、貴族出身のシュトラエルはわかっていて、忠告してくれたのだろう。貴族のしがらみに嫌気《いやけ》が差してこの村へやって来たヴィリバルトには、痛いほどわかる話でもある。一時期は距離を置いて、領主と領民の立場に戻らなければと思った。なのに、ユウナはお菓子を持って、自分からやって来てしまったのだ。もはや離れることなど難しい状況に転がり落ちていく。同時に、腹を括《くく》った。ユウナのことは、何があっても守ると。

けれど、いくら行動で示しても、ユウナは照れるばかりで受け入れてはくれなかった。

好意は感じるのに、こちらが最後の一歩を踏み出そうとすると、壁を作るのだ。

なぜなのか、考えてもわからない。

ヴィリバルトは少しずつ距離を縮めていこうと、そんな風に思っていた。

なのに、ユウナはある日、信じがたいことを口にした。

「……抱き締めてもいいですか？」

ヴィリバルトは自分の耳を疑った。

ユウナのほうから接触してくることなど今まで皆無だったのに、抱き締めてもいいか、だと？

自分に都合良く聞き間違えたのではと思ったが、ユウナの眼差《まなざ》しがいつもと違うことに気づく。どこか熱を帯《お》び、とろんとしているように見えた。

もしかしたら、喫茶店を開店するという夢を達成したことで、自分との関係についても考えてくれる余裕ができたとか？　そう思い、ユウナの抱擁《ほうよう》を受け入れる。

ぼんやりしていたので、想定以上にかけられた体重を受け止めることができず、草むらへ倒れ込んでしまった。

背中をぶつけた衝撃よりも、頬と頬が触れ合ったことに驚いて、顔から火が出ているのではないかと疑うほど照れてしまう。しかし、ユウナはさらに驚くべきことを口にした。

「私の、家族になってください」

その発言を耳にした瞬間、頭の中が真っ白になった。まさか、ユウナから求婚してくれるとは。

嬉しくて言葉にならず、ヴィリバルトは彼女をぎゅっと抱き締める。

「ユウナ、嬉しい……」

「私も」

起き上がって、頬にキスをしたら、ユウナは照れるような表情を浮かべたあと、嬉しそうに微笑んだ。いつもなら、若干居心地悪そうにしているのに、今日はそんな素振りを見せなかったのだ。

——良かった、両想いなんだ。

ヴィリバルトは幸せな気分で満たされた。


翌日より、変化が起こる。

いつもだったら、ヴィリバルトのほうがユウナに会いに行くのに、今日はユウナから会いに来てくれたのだ。しかもそれは三日、四日、五日と続く。

外だと村人の目があるので、二人は村にある小屋で会うことにしていた。

摘みたてのハーブで淹《い》れたお茶を飲み、ユウナの作ったお菓子を食べる。至福の時間であった。

「私いつも、ヴィリバルトさんが忙しいんじゃないかって、遠慮をしていて」

ヴィリバルトはいつも時間を作って会いに来てくれたのに、それに気づく余裕もなかったと、ユウナは話す。やはり、喫茶店を開店する夢が叶ったので、こうしていろいろしてくれるようになったのだ。ヴィリバルトは、隣に座るユウナを抱き締めた。

ユウナも、それを受け入れている。それどころか、頭を優しく撫《な》でてくれるのだ。

「ユウナ、それって……」

ユウナは淡く微笑み、首を傾《かし》げる。ヴィリバルトはその表情に一瞬見惚《みと》れ、首を振った。

頭を撫《な》でることは、小さな子どもにする行為に思えたが、今まで恋人がいたことのないユウナのすることなので、さほど気にしなかった。

「そういえば、もうすぐ公爵夫人が村に来るんだ」

「ヴィリバルトさんの、お母様、ですね」

すでに勘当《かんどう》されているので、母と呼んでいいのか迷う。そうでなくても、現在は姓もレンドラークと名乗っているので、もはや繋《つな》がりなど、どこにもない。

「それで、ユウナを紹介しようと思っているんだ。大切な人だって」

ユウナは今まで見せてくれた中でも一番の笑みを浮かべながら、「嬉しい」と言った。

第四章　勇気を出して

開店から三ヶ月ほど経《た》ち、いろいろと慣れてきたからか、時間と心に余裕ができるようになった。

優奈は喫茶店で、持ち帰り用のお菓子を作って売ることを決めた。

客からも、多少高くなっても構わないので家でお菓子を食べたい、という要望がちらほらと出てきたのだ。鼻歌を歌いながらエプロンをかける優奈の肩に、アオローラが止まった。

『ユウナのお菓子が認められて、嬉しいねえ！』

「小熊堂のお菓子が好評なのも、相乗《そうじょう》効果になったのかもね」

小熊堂で売るアリアのお菓子は、今や隣の村から客が来るほど評判になっていたのだ。

優奈にとっても、嬉しいことである。

『アリア、もしかしたらお菓子屋さん開いちゃうかもね』

「だったら嬉しいな」

本日優奈が作るのは、『ケーク・サレ』という、塩気のある野菜入りのお惣菜《そうざい》ケーキ。

甘いパンケーキを食べたあと、しょっぱい物が食べたいというリクエストに応えてメニューに加えることになった。トマトやズッキーニ、ピーマン、タマネギと、色合いも気にしつつ、塩コショウ、チーズで味付けした生地にカットした野菜を混ぜていく。アクセントとして、薬草園で採《と》れたバジルも入れた。温めたかまどの中で約一時間ほど焼いたら完成。

『うわ～、良い匂い』

「アオローラ、端《はし》っこ食べる？」

『食べる！』

こんがりと焼けた生地を、ナイフで切りわける。アオローラにあげる端《はし》っこは、少し厚めに切ってあげた。生地の外側はサクサクで、中は新鮮な野菜とハーブが香る。

『ユウナ、これ、おいし～』

「良かった。鮭とチーズを入れて焼いてもおいしいんだよ」

『あ～、いいね』

「鮭、お店に置いてるかな」

『ここは森に囲まれた村だから、あまりお魚は売ってないよねぇ』

「なんか塩サンマとか、久しぶりにちょっと食べたくなったかも」

『スシ～、ミソシル～、ナットウだっけ？　やっぱり和食が食べたい？』

「う～ん。自分でも不思議なんだけど、和食はそこまで食べたいとは思わないんだよね」

養護施設のメニューは、朝はパンとスープ、ハムエッグにサラダ。昼はだいたいサンドイッチ。夜はご飯物が多かったけれど、煮物など和食のおかずは少なかった。

「もともと食べる機会も少なかったし、やっぱり私はこの世界で生まれたから、和食にも執着していなかったのかもしれない」

『そっか』

店のお菓子は作り終えたので、今度はヴィリバルトに持って行くお菓子を作る。

そこまで手の込んだ物ではなく、さっと作れる物を用意していた。今日は乾燥ベリーを使った蒸しパンだ。

『ユウナ、それ、ヴィリバルトの坊ちゃんのお菓子？』

「そうだよ」

『最近、仲良しだよね』

アオローラの言葉に、優奈は笑顔を返す。ヴィリバルト、優奈のたった一人の血の繫《つな》がった弟。触れ合うと、ドキドキして、ほっとする。これが本当の家族なのだと、日々実感していた。

『ユウナ、あのさ、ヴィリバルトとどうなりたいの？』

「どうって？」

『いや、その、う〜ん、なんて言ったらいいのかな……』

アオローラははっきりしない口ぶりで、もごもごと喋《しゃべ》る。

きっとアオローラは、血のつながった家族と初めて接する優奈を、心配してくれているのだろう。

「大丈夫。大切にするから」

『そっか』

優奈は蒸しパンを籠《かご》に詰め、今日もヴィリバルトの家に向かった。


晴天の、とあるのどかな日。閉店間際の閑散《かんさん》とした猫耳亭に、珍しいお客がやって来た。

それは金色の髪に、青い目の、品のある雰囲気を漂《ただよ》わせた優しそうな中年女性。

目にした瞬間、優奈はわかった。彼女が、自分の母親であると。

メニューを持つ指先が震えた。瞼《まぶた》が熱くなり、今にも泣きそうになってしまう。

肖像画で見た姿から、少し老《ふ》けていた。年頃は五十前後だろうか。顔色は青白く、健康そうには見えない。静養しに来たので、当たり前であるが。

目が合った瞬間、胸がどくんと高鳴った。すぐにお辞儀をしなければいけないのに、目を逸《そ》らすことができない。

向こうも、同じだったようだ。

もしかして、娘だと気づいたとか？

一瞬そんな希望を持つが、ありえないだろう。生まれてすぐに引き離され、二十三年も経《た》っているのだから。優奈が不躾《ぶしつけ》な視線を向けてしまったので、向こうも不審に思って見ているのだと、自分に言い聞かせる。

なんとか淡い笑みを浮かべ、優奈は会釈《えしゃく》した。

「いらっしゃいませ」

女性はヴィリバルトと、複数の侍女を連れている。

「ユウナ、この前話した母さんだよ」

女性――マリアベリー公爵夫人は優奈のもとへやって来て、両手を包み込むように握り締めた。

「初めまして。あなたがユウナさんね」

「は、初めまして」

優奈は胸がいっぱいになる。母親が目の前にいて、手を握ってくれているのだ。

泣きそうな気持ちを、ぐっと堪える。

「ヴィリーからあなたの話を聞いていて、パンケーキと薬草茶をとても楽しみにしていたの」

「あ、ありがとうございます」

「お話で聞いていた以上に素敵なお店だし、薬草園も美しいわね。本当に、勇気を出して来て良かったわ」

マリアベリーは、王都から出たのは初めてだと話した。昔から病弱で、外出することもほとんどなかったのだそうだ。その話を聞いて彼女が立ちっぱなしであることに気づいた優奈は、すぐに席へと案内した。

メニュー表を開いて見せて、ハーブティーの説明をする。

「ここでは、お客様に合ったお茶をご提供しております」

好みや体調などを聞くと、マリアベリーは少しだけ喉《のど》がイガイガしていると言った。

「かしこまりました」

「ユウナ、私はいつものので」

「はい、ご用意しますね」

「ヴィリーったら、すっかり常連さんなのね」

二人の仲は良好そうであったが、僅《わず》かにヴィリバルトに遠慮が見えた。

優奈と一緒にいる時には感じられない、心の壁のようなあれはいったい……？

と、今は親子の関係を気にしている場合ではない。優奈は「少々お待ちくださいませ」と会釈《えしゃく》したあと、厨房《ちゅうぼう》へと急いだ。

厨房《ちゅうぼう》ではすでに、シュトラエルがパンケーキ作りを始めていた。元気が出てきたようで、最近は菓子作りの補助をしてくれているのだ。

優奈はハーブティーの準備をする。喉《のど》の不調を訴えるマリアベリーには、抗炎症効果があるカリンの実と種子を煎《せん》じた物に、蜂蜜樹《メルツリー》シロップを加えたお茶を淹《い》れた。

『ユウナ、ヴィリバルトの「いつものやつ」ってなんなの？』

「おまかせのことだよ。私の好きな薬草茶を作っていいんだって」

『そうなんだ』

彼は少し緊張しているように見えたので、スカルキャップという、ラベンダーに似た花を咲かせる鎮静効果のあるハーブを使ってお茶を淹《い》れた。

パンケーキが焼けたので、蒸《む》らしていた紅茶と共に提供する。

「まあ、とってもおいしそう」

パンケーキを食べて笑みを深めたマリアベリーは、カリン茶もたいそう気に入ったようだった。

優奈はホッと安堵《あんど》する。

一時間ほどでヴィリバルトとマリアベリーは帰宅した。優奈は去りゆく彼女の後ろ姿を、切なげに見送ったのだった。


翌日、シュトラエルに届いた手紙は、ヴィリバルトからの食事会のお誘いだった。

「良かったですね」

「ユウナ、あんたも行くんだよ」

「私もですか？」

「ほら、見てごらん。しっかり招待客に入っているから」

その通り、手紙にはシュトラエルに優奈、トマスと、三人分の名前が書かれていた。

「で、ですが、私、着ていくような服が……」

ここに来て一年ちょっと。お菓子の販売で稼いだお金を貯《た》めてあったが、仕事着のワンピースや雑貨など、生活に必要な物を買っていたので、お呼ばれに着ていくような服を購入する余裕などなかった。そもそもドレスなど、村の暮らしには必要ない品である。

「その辺も考えてくれたのだろうね、ヴィリバルトのお坊ちゃんは」

一緒に届いたという箱を開けると、中に三人分の正装が入っていた。

シュトラエルには抹茶色のシンプルだけど上品なドレス。トマスには瑠璃色《るりいろ》の礼服。優奈には藤紫のシックな色合いのドレスだった。

箱を覗《のぞ》き込む三者の反応はさまざま。お婆さんにこんな華やかなドレスを用意するなんてと溜息を吐くシュトラエルに、首元がきっちり締まる礼服なんて着たくない、そもそも、どうしてヴィリバルトの用意した服なんぞ着なければならないのかと憤《いきどお》るトマス。優奈は初めてのドレスに、戸惑いと喜びと恥ずかしさと、さまざまな感情を抱いては心の奥に沈ませていた。

「俺はごめんだからな」

早々に欠席発言をしたトマスは、すぐにシュトラエルに背中を叩かれる。

「馬鹿を言いなさんな。誰のおかげでここに住めていると思っているんだい!?」

「俺が住みたいと思ったからだ」

「馬鹿！　領主様のおかげだよ！」

シュトラエルはバンバンと、続け様《ざま》に背中を叩いた。異国人が村に移住する時は、領主の許可が必要である。トマスの場合、わざわざヴィリバルトが家にやって来て、許可証を発行してくれたのだ。

「普通だったらね、あんたみたいないじっぱり、とっくの昔に追い出されているんだからね！　寛大な領主様あっての生活なんだ！」

二人の言い合いをおろおろしながら見ていた優奈であったが、シュトラエルをずっと興奮状態にしておくわけにはいかないと、勇気を出して止めに入った。

「あの、お二人共、そろそろ……」

「チッ。ああもう、わかった！　わかったから！」

優奈が止めると、トマスは即座に大人しくなった。しかし、ふてくされたように、部屋から出て行ってしまう。シュトラエルは盛大な溜息を吐きながらぼやいた。

「まったく、私の言うことは一つも聞きやしない」

「難しいお年ごろですよね」

優奈と同じ年のはずだが、とりあえずそういうことにしておいた。

こうして、三人で食事会に参加することになったのだ。


優奈はヴィリバルトから贈られたドレスを改めて眺め、ほうと溜息を吐く。

衿《えり》や袖のないスレンダーラインのそれは、フリルやレースもないシンプルなデザインである。

清楚なドレスで、優奈によく似合うだろうと、シュトラエルは言ってくれた。

アオローラもドレスを覗《のぞ》き込み、大絶賛する。

『ユウナ、すごいね。きっと似合うと思うよ』

「ありがとう。でも、こんな高価な物、受け取ってもいいのか……」

『いいんじゃない？　ユウナのお菓子効果で、多少は村の経済も潤《うるお》ったと思うし。領主からのお礼と思えば』

「だったらいいんだけれど」

贈り物は善意の塊《かたまり》だ。突き返すのは、相手の気持ちを撥《は》ね除《の》けるのと同じ。なので、優奈はありがたくドレスをいただくことにした。

翌日。優奈はヴィリバルトのもとへお菓子を届けに向かった。

今日のお菓子は『ゼッポレ』という、白ワイン入りのドーナッツ。

揚げたあとに蜂蜜樹《メルツリー》シロップを絡めて粉砂糖を振りかけた、とても甘いお菓子である。甘い物好きの彼はきっと喜んでくれるだろう。

いつもの小屋で彼と会うと、優奈はドレスのお礼を言った。とても気に入ったとも。

ヴィリバルトは嬉しそうに微笑んだ。その表情を見て、やっぱり受け取って良かったと思う。

じっと見つめられて、恥ずかしくなったので、作って来たドーナッツを差し出した。

「今日のお菓子もおいしそうだね」

「気に入ってもらえたらいいのですが」

今日は気分を変えて、タンポポで作ったノンカフェインのコーヒーだ。

作り方は簡単。炒《い》ったタンポポの根を乳鉢《にゅうばち》で擂《す》り潰し、再び炒《い》って——というのを三回ほど繰り返したら完成。最後に、粉末になった物を濾紙《ろし》などに入れて湯を注いで飲むのだ。

この世界にはコーヒー用のフィルターなどないので、ネルドリップという、布を使った抽出法《ちゅうしゅつ》を行う。布の上から湯を注ぐと、ふわりと湯気が漂《ただよ》った。しっかり炒《い》っているだけあって、少し焦げたような匂いがする。色合いはコーヒーよりも薄い。

「ユウナ、タンポポのコーヒーっておいしいの？」

「昔飲んだ時は、おいしかったですよ」

記憶の中のタンポポコーヒーは、ほぼコーヒーと変わらない味と香りだった。

長椅子にヴィリバルトと並んで座り、同時にタンポポコーヒーを口にする。

途端、優奈はぐっと、眉間《みけん》に皺《しわ》を作った。

「う～ん、苦味が強いですね」

ヴィリバルトは何も言わなかったが、口直しでもするようにドーナッツを口にした。

「あ、でも、お菓子と合うよ」

優奈もドーナッツを食べる。確かに、独特な苦味は甘いお菓子で緩和されていた。

「もっと、こう、前に飲んだ時は、香ばしさがあって……」

「何か他の物をブレンドしているんじゃない？」

「なるほど……」

確かに、今のタンポポの根だけでは、コーヒーの味とは言い難かった。ヴィリバルトの言う通り、他に何か混ぜ合わせていた可能性もある。

おいしかったら店のメニューにしようと考えていたが、いささか微妙な仕上がりだった。これならば、普通にコーヒー豆を買ったほうが良い。優奈はがっかりと、肩を落とす。

「今回は失敗でした」

「でも、面白い味だったよ」

「ありがとうございます」

優奈は溜息交じりにお礼を言った。それから、ポツリ、ポツリとたわいもない話をして、会話が途切れたらそのまま静かな時間を過ごす。気まずさはどこにもない。穏やかな雰囲気である。

ヴィリバルトは優奈の肩にそっと体重をかけた。

心がそわそわと落ち着かなくなった優奈は、その気持ちをごまかすように話しかける。

「公爵夫人、最近顔色が良くなってきて、良かったですね」

「うん。やっぱり、田舎《いなか》の綺麗な空気と、ユウナの薬草茶とお菓子が効いたんだ」

「そうでしょうか？」

「絶対にそう」

公爵夫人――マリアベリーは、繊細な女性であるとヴィリバルトは話す。

「先のウィリティス王の二番目の娘だったんだけど、王族としての日々の重圧に耐えきれなくなって、具合が悪くなることが多かったんだって」

それは、結婚をしても同じだった。公爵夫人という立場は、心安らげるものではなかったのだ。

「……私も、影響を受けているのかもしれない」

そう言うヴィリバルトも繊細で、儚《はかな》く見える。今までも客を受け入れるたびに、きっと酷《ひど》く緊張していたのだ。

「私は、国王陛下の計らいで家の継承権を得たんだけれど、次期公爵なんて重荷で、この地に逃げて来たんだ……」

継承権を得るまでの経緯も、切ないものだった。公爵家に連なる者の主な役割は、魔力を作り出す『世界樹《せかいじゅ》』と呼ばれる木の世話を行うこと。毎日魔力を与えると、世界樹《せかいじゅ》の若葉が芽吹き、世界に魔力を満たすのだという。

「けれど、私は世界樹《せかいじゅ》の世話を行う適性がなくて……」

魔力は十分ある。なのに世界樹《せかいじゅ》は、ヴィリバルトの魔力を受け入れなかった。

「高位の緑魔法は使えるのに、全く役立たずで」

「ヴィリバルトさん」

初めてヴィリバルトの魔法を見た時、優奈は感動したものだ。とても、綺麗な魔法だと思った。劣化《れっか》した木材を魔力で再生させ、再び使えるようにできるのも、素晴らしいことである。決して役立たずなんかじゃない。そんな思いで優奈は励《はげ》ました。

「きっとヴィリバルトさんは、世界樹《せかいじゅ》ではなくこの村の森と相性が良かったのかもしれないですね。ここの植物はいつでも素直に応えてくれるから」

「ユウナ、ありがとう」

弱々しく礼を言うヴィリバルトを、優奈はぎゅっと抱き締める。今まで彼がこのように自らを語ることなどほとんどなかった。家族だから話してくれたのだと、優奈は嬉しくなる。湧《わ》き上がる感情は弟に対する庇護欲なのか。よくわからない。

耳元でそっと、思いを口にする。

「ヴィリバルトさんは、もっと私に甘えてください」

「ユウナ……」

ヴィリバルトは熱い視線を優奈に向ける。

これが、家族の愛？

ジリジリと強く焼けるようなそれに、優奈は驚く。切なくて、歯がゆくて、胸が掻《か》き立てられるよう。家族愛とは、もっと穏やかで、優しくて、ホッとできるものだと思っていた。シュトラエルと優奈の間にあるような。けれど異性の家族ではまた違うのかもしれないと、考え直す。

「ユウナは私が弱音を吐いても、がっかりしない？」

「しません」

「そっか、良かった」

ぐったりと身を寄せてくるヴィリバルトは、安心しきった表情を浮かべていた。

優奈はサラサラの金の髪を優しく撫《な》でながら言う。

「いい子です」

ここでヴィリバルトはビクリと反応した。しだいに体が強張《こわば》っていく。

「ヴィリバルトさん？」

どうかしたのか。問いかけると、彼はゆっくり離れていく。

ヴィリバルトは顔面蒼白《がんめんそうはく》となっていた。青く澄んだ目を見張り、ユウナを見ている。

「あ、あの、ユウナ？」

「なんですか？」

「家族になってくださいって、前に言ったよね？」

「はい」

ヴィリバルトの指先は震えていた。強張《こわば》った表情で問いかけてくる。

「もしかして家族って――弟とかじゃないよね？」

低く、硬い声だった。

――ヴィリバルトは優奈の近くにいる唯一の肉親。優しくて、家族思いで、甘えるのも許される相手。

可愛い、可愛い、世界でただ一人の弟なのだ。

そう答えると、ヴィリバルトはあんぐりと口を開いたまま絶句していた。

そんな反応をされる意味がわからず、優奈は首を傾《かし》げる。

大切なことなので、もう一度言ってみた。

「ヴィリバルトさんは、私の弟です」

「な、なんだって!?」

ヴィリバルトは大声をあげ、わかりやすいほどに取り乱していた。

「あ、ありえないって思ってはいたんだ。ユウナが恥ずかしがらずに、私に甘えてくれるなんて。だけど嘘だろう？　信じられない。まさか弟として接していたなんて。ああ、ユウナ、どうして……」

早口で捲《まく》し立てられて、何を言っているのかよくわからない。

優奈がパチクリと瞬《まばた》きをしていると、ガシッと肩を掴《つか》まれた。

「ユウナ、嘘だと言ってくれ!!」

大きな声で問いかけられ、優奈は混乱した。反射的に、同じ答えをしてしまう。

「ヴィリバルトさんは、私の可愛い弟です」

「そんな、思わせぶりな……を……」

眉尻が下がり、ふるふると金の睫毛《まつげ》が震える。そしてヴィリバルトの眦《まなじり》から、つうと涙が零《こぼ》れた。

優奈はぎょっとして声をかける。

「ヴィリバルトさん⁉」

ほろほろと涙を流していた彼は、カッと目を見開き、優奈を睨《にら》んだ。

「ひ、酷《ひど》い、ユウナ、酷《ひど》いよ‼　私の心を弄《もてあそ》んで‼」

「え、どういうことですか？」

「もう、指輪を買って結婚の報告もしたし、いろいろ計画も練っていたのに‼」

早口なので、またも言葉を聞き取れなかった。何か気分を害することを言ってしまったのか。考えたが、優奈にはわからない。

「あの、私、何か……？」

ここで、ヴィリバルトはハッと我に返る。

「ごめん、ユウナ」

近くにあった体を、ぐっと押される。それは、わかりやすい拒絶だった。

優奈はショックを受けた。

「ヴィリバルトさん……？」

戸惑う優奈を見たヴィリバルトは落ち着きを取り戻したようで、そっと呟くように言った。

「……少し距離を置こう」

その言葉に、優奈は今まで感じたことのない衝撃を受けた。

家族なのに、距離を置くなんて……

ヴィリバルトは怒りと悲しみに満ちた表情で優奈を見る。

去りゆく後ろ姿に、彼女は縋《すが》ることができなかった。

◇◇◇

距離を置こうと言われた翌日から、ヴィリバルトは猫耳亭に顔を出さなくなった。

「ヴィリーったら、なんか最近ずっと忙しいみたいで」

「そう、なんですね」

マリアベリーの語る言葉だけが、ヴィリバルトの近況を知るすべになっていた。

いったいなぜ、ヴィリバルトは怒ってしまったのか。

引き金が、「いい子です」という発言だったのはわかる。たぶん、青年にかけていい言葉ではなかったのだろうと反省したが、優奈は弟にどう接すればいいか知らなかったのだ。

自分がしたいように愛を示した結果だったので、なんとも言えない思いになる。

その代わり、マリアベリーと接する時間は増えた。彼女は優奈と話をしたいと、たびたびお茶の席に誘ってくれるのだ。

「ごめんなさいね、無理に誘ったりして」

「いえ……」

マリアベリーがやって来るのは、決まって閉店間際の客がいない時間であった。

シュトラエルも、優奈の事情など知らないのに、二人が静かに過ごせるようそっと見守ってくれる。

目の前に座るマリアベリーが青い目を細め、微笑みかけられると、胸がじんわりと温かくなる。

すぐにでも、自分は二十三年前に生き別れた娘で、異世界から帰って来たのだと言いたくなった。

けれど、娘なんて知らない、もしくは娘のはずがないと拒絶されてしまえば、二度と立ち直れなくなってしまうだろう。なので今もまだ、真実を言えずにいるのだ。

「ユウナさんの薬草茶を飲み始めてから、体調も、気分も良くなったの。ヴィリーもすごく喜んでくれて……」

この村に来てからヴィリバルトは明るくなったと、マリアベリーは笑った。王都にいた頃は大人しくて、どこか陰のある少年だったのに、と。

「本当に、私が悪いの。私が無理に引き入れたから――」

「え？」

「あ、ごめんなさい。なんでもないわ」

マリアベリーは紅茶を一口含み、言葉を濁《にご》す。上手く聞き取れなかったが、追及しないほうがいいと思い、優奈は黙っていた。

「そういえば、最近、ヴィリーの元気がなくて。きっと、働きすぎだと思うの。明日はお食事会でしょう？　良かったら、たくさんお話ししてあげてね」

「……はい」

明日、仲直りできるだろうか。優奈は不安になる。そろそろ閉店時間だと、侍女がマリアベリーに耳打ちしていた。

「あら、ごめんなさいね」

「いいえ、お気になさらずに」

ゆっくりと立ち上がり出入り口まで向かう。別れ際、マリアベリーはぎゅっと優奈の手を握った。

「……私には娘がいてね。きちんと育っていたら、ユウナさんと同じ年なの」

娘は二十三年前に神隠しに遭《あ》ってしまったのだと彼女は語った。

ドクンと、胸が大きく鼓動を打つ。

「だから、ユウナさんと話していると、あなたが娘だったらなんて考えて楽しくなっちゃって。年甲斐もなくはしゃいだりして、呆れてない？」

「い、いいえ、全く」

「良かった」

優奈は今こそ真実を告げたほうがいいのではと逡巡《しゅんじゅん》する。

——私が、あなたの娘なんです。

しかし、その単純な一言が、喉《のど》から出てこなかった。信じてもらえるだろうかとつい怯えてしまう心は、ある種の呪縛《じゅばく》のようにも思える。

優奈の迷いとは裏腹に、マリアベリーは無邪気なお願いをしてきた。

「ねえ、ユウナさん。私のことを、お母さんと呼んでみてくれないかしら？」

「え？」

「お願い、一度だけでいいから」

マリアベリーは切なそうに続ける。

「娘はこの胸に抱く前に、連れ去られてしまって――」

自分の正体は、言えない。けれど、お母さんと呼ぶことを許された。

優奈は歓喜で瞼《まぶた》を熱くする。

すうと息を大きく吸い込み、吐いた。

すぐに言うつもりだったのに、言葉にならなかったのだ。

マリアベリーはそんな優奈を見て、目を細め、首を傾《かし》げる。

その様子を見ていたら、ポツリと、湧《わ》き上がる感情が言葉となって出てきた。

「……お母さん」

優奈の呼びかけに、マリアベリーは切なそうな表情を浮かべたあと、ぎゅっと抱き締めてくれた。

そして耳元で、「ありがとう」と囁《ささや》いてくる。

「ユウナさん、では、また。ごきげんよう」

「はい、またのお越しを、お待ちしております」

マリアベリーが踵《きびす》を返した瞬間、優奈の目から涙が溢《あふ》れた。

堰《せき》を切ったように流れてくるので、視界が歪《ゆが》んで見えなくなる。

——母と呼べた。抱き締めてもらえた。

それだけで、心が満たされる。ここに来て本当に、本当に良かった。明日から、また頑張れる。

この日のことは、永遠に心に残るだろうと、優奈は思った。


翌日の昼食会。着飾った面々は、いつもとは違う様子に照れていた。

「しかし、ユウナはどこぞのお姫様のようだねえ」

「あ、ありがとうございます」

ヴィリバルトから贈られたドレスは、シュトラエル大絶賛の装《よそお》いとなった。アオローラはお留守番である。寂しいだろうとお菓子を用意していたら、上機嫌で見送ってくれた。

準備が整ったので、優奈とシュトラエル、トマスの三人は迎えに来た馬車へ乗り込む。

順番待ちの間に、優奈は天を仰ぐ。空は曇天《どんてん》。風が強く、今にも雨が降りそうな怪しい空模様であった。

それは、優奈の心情を表しているようで、なんとも言えない気分になる。

ヴィリバルトとは、あの日からもう半月ほど話をしていない。

体はいつの間にか、魔力をもらわなくても大丈夫になっていた。アオローラ曰《いわ》く、体がこの世界に馴染《なじ》んだのだろうとのこと。

今日は、優奈お手製のお菓子やお茶などは持参していなかった。手土産《てみやげ》はシュトラエルやトマスと作った蜂蜜樹《メルツリー》シロップの詰め合わせのみ。

いつも、優奈は何かのきっかけをお菓子に頼っていた。

だが今日はそうすべきではないと思い、敢《あ》えて作らなかったのだ。

きちんと話をしよう。それから、優奈には、ヴィリバルトが必要だと告げよう。

領主の館《やかた》は村の郊外にある。

普段は遠巻きに見るだけの場所だったので、目の前にあるのが不思議な気がした。

屋敷は塀に囲まれ、門番がいたが、馬車を見ると敬礼し、中へと通してくれた。

領主の館《やかた》は、馬車ごと出入りできるほど広い。車窓から見る庭は、果てしなく広がって見えた。

そして到着した、歴史ある佇《たたず》まいの館《やかた》。

執事らしき身なりの中年男性が、馬車から降りる優奈に手を貸してくれる。

館《やかた》の内部も、優奈の知らない世界であった。

大理石の床、先が見えないほど長い廊下に、吊るされた豪奢《ごうしゃ》なシャンデリア。

映画や小説などで描かれる、貴族の世界である。

案内された客間では、ヴィリバルトとマリアベリーが出迎えてくれた。

温かな紅茶と、王都から取り寄せたお菓子が振る舞われる。

「お菓子、お口に合うかしら？」

オレンジピールのような物が入った、どっしりとした焼き菓子である。

保存期間を長くするためか、香辛料とお酒が利きすぎていたが、優奈はおいしいと言って食べた。

「本当はユウナさんのお菓子をお屋敷にも取り寄せたいのに」

「我儘《わがまま》はダメですよ」

「わかっているわ、ヴィリー」

やんわりと、マリアベリーの発言を諫《いさ》めるヴィリバルト。いつもの人懐っこい様子は鳴りを潜《ひそ》め、青年貴族らしい振る舞いだった。優奈の知らないヴィリバルトである。

そっとヴィリバルトに視線を向ける。一瞬目が合ったが、すぐに逸《そ》らされてしまい、優奈は泣きそうになった。もう、関係の修復は難しいのか。ぎゅっと、唇を噛み締める。

それから食堂に移動して、食事会が始まった。知り合いのみの小さな会だからか、終始、和やかなムードだった。

シュトラエルは楽しそうに微笑み、トマスもいつもの癇癪《かんしゃく》を起こすことなく、大人しくしている。

優奈はホテル勤めの時に習った礼儀作法が活かされたと、一人安堵《あんど》していた。

食事中、何度もヴィリバルトからの視線を感じる。

彼も、仲直りのタイミングを見計らっているのかもしれない。

そう思って、優奈はあとで勇気を出して話しかけようと決意した。

食後は、再度客間に戻り、お茶を楽しむ。シュトラエルは侍女と共に厨房《ちゅうぼう》の見学に、トマスはレンドラーク家の武器庫を見せてもらえると聞き、執事に案内されて見学に行った。

客間には優奈とヴィリバルト、マリアベリーの三人となった。

ぎこちない雰囲気はあったものの、穏やかな時間を過ごしていた。

「そうだわ。ヴィリーの小さな頃の肖像画を見せてあげる！」

マリアベリーはすっと立ち上がり、侍女に持って来るように命じた。

「なんでそんな物を……」

「だって、すっごく可愛いから――」

マリアベリーが楽しそうに答えた瞬間、窓の外がピカッと光り、雷が落ちる。

ドン！　という轟音《ごうおん》が屋敷の中に響き渡った。

大きな音に驚いた優奈だったが、それ以上に大変な事態が起きた。

「きゃあああ!!」

マリアベリーが頭を抱え、その場に蹲《うずくま》ってしまったのだ。

同時に、バケツをひっくり返したかのような雨が降り始める。

風も強まり、窓枠をガタガタと揺らしていた。

「姉さん！」

――えっ『姉さん』？

「いやだ、やめて、うちの子を、連れて行かないで!!」

ヴィリバルトの発言も気になったが、突然取り乱したマリアベリーに、優奈は驚いて言葉を失う。

「まだ、名前も与えていなかったのに、連れて行ってしまうなんて……!!」

それを見て、ヴィリバルトは侍女に、マリアベリーを部屋に連れて行くようにと命じる。

頭を抱え、ヒステリックな様子で叫ぶマリアベリーは、侍女に抱えられるようにして客間から出て行った。声が遠ざかり、しだいに聞こえなくなる。

優奈までも、眩暈《めまい》を覚える。バクバクと、胸が激しく鼓動を打つ。

けれど、今日は倒れるわけにはいかない。口元を押さえるだけで、なんとかその場に留まった。

雨と風の音だけがする部屋で、ヴィリバルトは冷静な声で話し始めた。

「見苦しいところを見せてすまない。その、母さんは昔、生まれたばかりの娘を失くしてしまったんだ」

それは誘拐だったとも、神隠しのような不思議な消失だったとも言われている。

「その日は、今日みたいな嵐で……」

同じような天候を目《ま》の当たりにして、過去のトラウマが蘇《よみがえ》ってしまったのだろうと呟く。

「ごめん。ちょっと、様子を見てくる」

ヴィリバルトも部屋を出て行く。一人になった優奈は、微《かす》かに震えていた。

まさか、このような事態になるなんて。私はどうすればいいの。

突然のできごとに、息苦しくなる。くらくらと、眩暈《めまい》も酷《ひど》くなっていた。

とりあえず、誰もいなくなった部屋の長椅子に腰かける。胸に手を当て、息を整えた。

マリアベリーは大丈夫だろうか。あんなに取り乱して……

彼女のためには名乗り出てしまったほうがいいのではないかとも考えたが、今はかえって逆効果だろう。

しかし、優奈はふと閃《ひらめ》いた。

海外留学をした時に、ホームステイ先の奥さんが入れてくれた、優しい味のするハーブティー。

落ち込んだ時あれを飲んだら、ざわざわした心が落ち着いたのだ。

元気になれるハーブ、レモンバーム。薬草園にも、自生している。

しかし、外は雨。風も強い。しばらく迷っていたが、いても立ってもいられなくなり、優奈は立ち上がって客間から飛び出す――が、廊下に出てすぐのところに、ヴィリバルトが立っていた。

「ユウナ、どうしたの？」

責めるような厳しい声をかけられた瞬間、不安が形となって、優奈の眦《まなじり》から涙が溢《あふ》れた。

「ユウナ……、本当に、どうしたっていうんだ」

その声色には困惑が混じっていた。それを聞いたら、余計に泣けてくる。

ヴィリバルトは優奈の腕を引き、客間に戻す。扉を閉めて、ソファに座るように勧めてきた。

しかし、優奈は首を横に振る。今は、どうしてもしなければならないことがあった。

「あ、あの、私、薬草園に……」

「この酷《ひど》い嵐の中に帰るって言うの？」

馬車は出せないと、バッサリ切って捨てられてしまった。

「でも、私、薬草園に行って……」

「ユウナ、落ち着いて。君は、そういう我儘《わがまま》を言う人じゃないだろう」

涙を流しながら、ふるふると首を左右に振る。混乱状態で、上手く説明ができない。

優奈が名乗り出ないせいで、彼女は二十三年間ずっと苦しんでいた。

その事実を知り、胸が締め付けられる。拒絶されてもいい。真実を告げなければ。そのためにはまず彼女に落ち着いてもらう必要がある。レモンバームのハーブティーを用意するには、薬草園に行かなければならなかった。

「ごめんなさい、どうか、お願いします」

「ダメだ」

「お願い、お願いします、ヴィリバルトさん……」

「ユウナ、頼むから、言うことを聞いて！」

「聞けません！」

もう、抑えることができなかった。優奈は叫ぶ。

「だって――私のお母さんが、あんなにも苦しんでいるのに!!」

「え？」

ヴィリバルトの目が見開かれる。優奈は涙を拭《ぬぐ》い、まっすぐな視線を向けた。

ついに言ってしまった。ヴィリバルトにも秘密にしていたことを。

自分がベルバッハ公爵家の娘であるという証拠はない。女神も言うだけ言って、特に証《あかし》になるような物は残してくれていなかった。

ヴィリバルトとは、言葉にしなくても絆《きずな》のようなものがあると勝手に思い込んでいた。それは、優奈の独りよがりの感情であったが、その結果、彼に距離を置こうと言われてしまった。優奈はヴ

ィリバルトに甘え過ぎていたのだ。

今度は失敗してはならない。マリアベリーとの関係は、後悔したくなかった。

「お願いします、世界でただ一人の、母なんです。心配することは、できることをしたいと思うのは、おかしいことでしょうか⁉」

責めるように、捲《まく》し立ててしまう。顔は涙でぐしゃぐしゃ。ドレスは手のひらに握り締めていたので、皺《しわ》になっている。せっかく綺麗に着飾ったのに、今の優奈は酷《ひど》い状態だった。

「ユウナ、母って、どういうこと？」

「女神様が言っていたんです。私はベルバッハ公爵家の娘だと……」

だから、公爵家の長男であるヴィリバルトは弟に、マリアベリーは母ということになるのだ。

それを聞いたヴィリバルトは、頭を抱えて嘆くように言った。

「ああ、ユウナ、なんてことだ！」

それから脱力したように、ヴィリバルトはその場に蹲《うずくま》る。

「ヴィリバルトさん……」

もしかするとヴィリバルトは、自分を一人の異性として愛してくれていたのではと、優奈は今になって気づいた。そしてそれは、自分も同じだったのだとも。

家族の愛は、心がホッとして、温かくなるもの。一方で、恋愛感情は、一言では説明できない。

心がホッとするだけでないヴィリバルトへの想いは、後者だったのだ。

知らずに出会い、惹《ひ》かれ合った。なんて残酷な話だろう。

だが、この想いとも、決着を付けなければならない。優奈は蹲《うずくま》るヴィリバルトの前に腰を下ろし、うな垂れる体を抱き締めた。

「ユウナ、やめて！」

しかし、ぐっと肩を押され、拒絶されてしまう。

顔を上げたヴィリバルトは、目が潤《うる》み、眉尻は下がって、悲しみに満ちた表情をしていた。

目《ま》の当たりにした優奈は、胸がぎゅっと締め付けられる。

心の奥でじわじわと感じるのは、家族の間にあるものとは違う、世界でただ一つの愛。

初めてだった。きっとこの先も、生涯において二度と表れることがないであろう、唯一の感情。

大切にしたい気持ちだった。

彼との関係を思えば、この想いは間違っている。だから優奈は、正直な気持ちを伝えて想いに終止符を打とうと思った。

「私は、ユウナの弟じゃない！」

「ええ、弟ではありません」

肩に置かれた手に、そっと指先を重ねる。

優奈はありったけの愛を、ヴィリバルトへ伝えた。

「――私は、ヴィリバルトさんのことを、異性として、愛しています。すみません。ずっと、弟だからこんなに可愛くて、好きなのだと、思っていました」

離れて気づいた。その愛は、家族愛ではなかったということを。

「違いました。私の勘違いでした。私は親の顔も知らず、周囲の愛にも気づかずに育ってきました。なので、好意に鈍感で、あなたの想いにも気づかずに……」

それ以上は言葉にならなかった。頑張って、頑張って、一言だけ伝える。

「本当に、好きなんです」

その言葉を聞いたヴィリバルトは、ハッとした様子で優奈を抱き締めた。

ヴィリバルトは温かかった。その温もりだけで、優奈の心は満たされる。

「ユウナ、ありがとう……嬉しい、本当に……。私も、ユウナのことが、世界で一番大好きだから」

もちろん、姉としてではないよという言葉が付け加えられる。両想いだった。間違いなく、二人の気持ちは同じだったのだ。

嬉しい。今まで生きてきた中で、一番嬉しかった。しかし、同時に現実に引き戻される。

ヴィリバルトの肩を押し、顔を見上げた。目が合うと、胸がぎゅっと締め付けられる。

「でも、私達は――」

「だから、姉弟《きょうだい》じゃないんだ！」

「え？」

ヴィリバルトの口から出たのは、信じられない言葉であった。

「姉弟《きょうだい》ではないって、いったい……？」

「私は公爵家の養子なんだ」

「う、嘘……」

「嘘ではない。本当だよ」

「ど、どういうこと？」

「私は元々、レンドラーク伯爵家の息子で――」

レンドラーク伯爵家はこの地を領する貴族である。しかし、ヴィリバルトが五歳の頃、父親が事故で亡くなってしまった。伯爵家を継げる成人の直系男子がいなかったため、伯爵家の財産などは一時、国に返還される形となったのだという。ヴィリバルトの母は先王の公妾《こうしょう》となり、王宮に住まいを与えられた。

「マリアベリー姉さんと私は、そこで出会ったんだ……」

マリアベリーはすでに公爵家に嫁《とつ》いでいたものの、王宮にもよく出入りしていたらしい。

「母と姉さんは気が合ったようで、仲が良くて――」

ある日、ヴィリバルトが姉が欲しいと言って母親を困らせていたところ、マリアベリーが「姉になってあげる」と言ってきたのだそうだ。

「その日から、あの人は私の姉さんになった」

それから数年、平和な日々を過ごしていた彼は、再び不幸に見舞われる。

ヴィリバルトの母が、病気で儚《はかな》くなったのだ。

「当時九歳で、身寄りがなくなった私は、孤児院へ送られることになるだろうと言われていたんだ」

けれど、ヴィリバルトを養子にと、名乗り出る者がいた。それが、ベルバッハ公だった。

「たぶん、姉さんが引き取ってほしいって言ってくれたんだと思う。でなければ、あり得ない話だったよ」

こうして、ヴィリバルトは公爵家の子どもになった。

公爵家の恥にならないよう厳しい教育に耐え、品行方正な人物であろうと努めた。

そんなヴィリバルトに、とんでもない話が舞いこんでくる。なんと、直系男子にしか継げないはずの公爵位を継承できるよう、王命で特別な処置が施《ほどこ》されたのだ。

初めて聞いた時は嬉しく思ったヴィリバルトであったが、しだいに周囲に悪意を向けられるようになった。夫が死に、国王の公妾《こうしょう》になった実母と同じく、媚《こ》びてうまく公爵に取り入ったのだろうと。

「世界樹《せかいじゅ》の世話ができないこともあったし、厳格な父とも上手く付き合えなかったから、耐えきれなくなって、私はここに逃げてきた。情けなくて、恥ずかしくて、どうにもならない毎日だったけれど——ユウナに逢えた」

「……はい」

ポロリと零《こぼ》れる涙の意味は、ヴィリバルトに対する憐憫《れんびん》と、良かったという安堵《あんど》と、湧《わ》き上がる愛。

二人は愛し合うことが許される仲だったのだ。

「——というわけなので、私達は姉弟《きょうだい》じゃなかったでしょう?」

「そ、そう、でしたね」

「良かった」

「本当に」

再度抱き合って、喜びを分かち合う。しかし、優奈はすぐに我に返って、マリアベリーの心配をし始めた。

「姉さんなら大丈夫。ああなった時は、侍女が落ちつかせてくれるから」

「そう、なんですね」

「うん。だから、心配しないで」

とりあえず、ソファに座ろうと促《うなが》された。ずっと、客間の床に蹲《うずくま》って話している状態だったのだ。

ソファに腰を下ろし、ホッと安堵《あんど》の息を吐く。自分よりマリアベリーをよく知るヴィリバルトに大丈夫と言われてしまえば、大人しく待っているしかない。

ここで、ヴィリバルトが提案をする。

「姉さんが落ちついたら、ユウナは自分が娘だと言うべきだと思うよ」

「え、でも……」

証拠は何もない。嘘を言っていると思われる可能性がある。

「大丈夫だよ。だって、よく見たら、ユウナは姉さんに似ているし」

「似て、いますか？」

「目元とかね。面影《おもかげ》があるよ。それに、その黒い瞳は、この国ではちょっと珍しい」

ヴィリバルトは大丈夫だと言って、そっと優奈の手を握った。

「勇気を出して、言ってみます」

「うん、ありがとう」

お礼を言われてキョトンとした優奈は、なんでヴィリバルトがお礼を言うのかと聞いてみた。

「姉さんは、ずっと心にぽっかりと穴が開いていたんだ。だから、やっとその穴を埋められるんだと思ったら――」

ここで、優奈は気づく。ヴィリバルトはずっとマリアベリーの心に寄り添い、支えてくれたのだ。

感極まって、胸がいっぱいになる。ヴィリバルトの体を抱き締め、耳元でお礼の言葉を返した。

第五章　囚《とら》われの優奈

ザアザア降りの雨はしとしとと弱まり、そして――やんだ。

一時間後、ようやくマリアベリーの容態は落ちついたようだった。今は眠っているという。

優奈は安堵《あんど》し、ソファにぐったりともたれた。

シュトラエルとトマスは先に帰った。優奈はもう少しだけ、伯爵家に残ることにする。ヴィリバルトと過ごしたかったのだ。二人が立つのは、伯爵家の台所。マリアベリーが目覚めたら食べてもらおうと、お菓子作りを始めた。

「ユウナ、何を作るの？」

「マリアベリーさんは熱を出しやすいと聞いたので、解熱《げねつ》作用のあるシナモンを使って、リンゴのキャラメリゼを作ろうかと思いまして」

そのまま食べてもおいしいし、パンケーキに添えてもいい。おまけに、作り方も簡単である。

まず、リンゴの皮を剥《む》く。ヴィリバルトは案外器用で、するするとリンゴの皮を剥《む》いていった。

「お上手ですね」

「小屋によく、リンゴを持ちこんでいたからね」

「いいですね、そういうの」

「だろう？」

ヴィリバルトが剥《む》いたリンゴを、薄くカットする。フライパンにグラニュー糖と水を入れて、べっこう色になるまで煮込んだ。

「色が変わったらバターを加えて溶かし、リンゴを入れて炒めます」

リンゴにキャラメルがしっかり絡んだら、シナモンを振り、さらに混ぜて完成だ。

「おいしそうだね」

「味見してみます？」

ヴィリバルトは嬉しそうに頷《うなず》いた。優奈はフォークにリンゴのキャラメリゼを刺し、ふうふうと冷ます。それから、ヴィリバルトの口元へと持って行った。ついでに優奈も一つ味見をする。

リンゴのシャクシャクとした食感と、キャラメリゼの濃厚な甘さが楽しい。最後にシナモンの良い香りが鼻へ抜け、ピリッとした辛みと、僅《わず》かな甘みを感じた。

「うん、おいしい！」

「良かったです」

恋人同士の幸せな時間であった。

その後、優奈は借りていたエプロンを返し、薬草園に帰ることにした。ヴィリバルトは馬車を手配して、家まで送ってくれると言ったが、マリアベリーに付き添ってもらうようお願いする。ヴィリバルトは玄関先まで、送りに来てくれた。

「姉さんのことは任せて」

「お願いいたします」

「今度は姉さんが元気な時に」

二人はしばし見つめ合う。恥ずかしくなって優奈が目を逸《そ》らした瞬間に、体を引き寄せられて抱き締められた。最後に、手首に装着していた腕輪の水晶にキスをもらう。

「ユウナ、顔が真っ赤だよ」

「慣れないんですよ、こればかりは」

赤面《せきめん》を隠すように、顔を逸《そ》らしながら言う。

「だったら、慣れるまでたくさんキスをしよう」

「どうしてそうなるんですか」

今日はこれくらいにしておいてあげる、とヴィリバルトは微笑んだ。まずは、マリアベリーの回復を見守るらしい。

「ユウナの作ってくれたリンゴのキャラメリゼを食べたら、きっと元気になるよ」

「ええ。そうだといいなと、思っています」

嵐のような雨と風はすでに止み、雲間から夕焼け空が覗《のぞ》いている。優奈は伯爵家の馬車に乗り込んで、窓からヴィリバルトへ手を振った。

ガタゴトと進む馬車。来た時はシュトラエルとトマスの喧嘩を聞きながらだった。今はたった一人で、広い馬車の中で過ごす。

静かな中で、瞼《まぶた》を閉じる。マリアベリーのことを思うと、ツキリと胸が痛んだ。あんなに悲しんでいたなんて、知らなかったのだ。やはりこの世界に来た時に、最初に会いに行くべきだったのかもしれない。

けれど、この世界に降り立ったばかりの頃は、まだ心がささくれていた。

豊かな自然と、ヴィリバルトにシュトラエル、アオローラ、それから優しい村人達が、少しずつ優奈の心を癒《いや》してくれた。今が良い時期だったのではないか。

マリアベリーの具合が良くなったら、また会いに行こう。その時、自分が娘であることを伝えようと、優奈は決心した。

「――あれ？」

ふと、優奈は違和感を覚えた。そろそろシュトラエルの家に到着してもいい頃合いであるが、馬車のスピードが止まらないのだ。不思議に思い、窓の外の風景を覗《のぞ》き込む。

「――え!?」

窓の外に広がっていたのは、見慣れぬ街道の景色。優奈は慌てて御者側の壁をトントンと叩く。

だが、一向に反応はない。違和感はじわじわと心を侵食していく。

――まさかとは思うが、誰かに誘拐されかけているのでは？

額《ひたい》にじわりと汗が浮かぶ。時間が過ぎるにつれて、不安は増していった。

「だ、誰か、助けてください！」

無駄だと知りつつも、戸をドンドンと叩いて叫んでみる。しかし、現状は変わらなかった。馬車は止まらずに、ガタゴトと車輪の音を響かせながら走り続ける。

優奈は顔を伏せ、深い溜息を吐いた。どうして一般庶民の自分が、このような事態に巻き込まれたのだろう。もしや、公爵夫人のマリアベリーと間違えて誘拐されてしまったのだろうか。それだったら納得できる。むしろ自分で良かったと思うが、現状を考えれば、当然喜べることでもない。

「誰か……」

もはや、願うしかない。優奈は胸の前で手を合わせ、祈りを捧《ささ》げる。と、ここで、奇跡が起きた。

突然目の前に白い魔法陣《まほうじん》が浮かび上がり、中からアオローラが現れたのだ。

フワフワな白い羽毛の可愛らしい小鳥が、小首を傾《かし》げて優奈を見ている。

目と目を合わせ、硬直する二人。優奈はアオローラを召喚できることを、すっかり忘れていた。

一方で、アオローラは突然呼び出されて目を丸くしている。

優奈はハッと我に返り、アオローラの名を叫んで手を伸ばした。白くてフワフワの体を両方の手のひらで掬《すく》い上げ、頬ずりする。この小さな存在がいるだけで、心強くなった。

『え、ユウナ、どうしたの？　ヴィリバルトとイチャイチャ仲良くしていたんじゃ？』

「まだ、マリアベリーさんが回復していないのに、そんなことするわけないでしょう」

『あ、うん。そうだよね。シュトラエルから話は聞いたよ。マリアベリーさんとヴィリバルトを心配して残ったんだって？』

シュトラエルは優奈の帰りが遅いと言いつつも、きっとヴィリバルトに引き留められているのだろうと思っている様子だったとか。

つまり、誰も異変に気づいていないことになる。優奈は慌ててアオローラに現状を説明した。

「アオローラ、私、どうやら誘拐されているみたいなの！」

『ええ〜!!』

「だからお願い、アオローラ！　家に戻って、皆にこのことを知らせて!!」

『……』

アオローラはパタパタと翼を羽ばたかせながら、そっと優奈から目を逸《そ》らした。

「アオローラ、どうしたの？」

『あ、うん。非常に残念なお知らせがあって……ユウナに呼ばれた時は魔法陣《まほうじん》で移動できるんだけど、戻ることはできないんだよね』

「つまり今、アオローラは役立たず？」

『いえ〜す！　あ、いや、その、ごめん……』

馬車は進む、行先も告げずにどこまでも――死んだ目をした女性と、同じく死んだ目をした白い小鳥を乗せながら。

結局、夜になるまで馬車は走り続けた。

停止したと思ったら、突然扉が開き、ナイフを持った男が入って来る。

男は黒尽くめの恰好をしていた。突き出された刃先がキラリと煌《きら》めいて、優奈は悲鳴をあげる。

「おい、大人しくしろ‼」

『なんだと〜〜！』

怒ったアオローラが飛び出して行きそうだったので、優奈はフワフワの体を慌てて掴《つか》んでスカートの裾《すそ》に隠した。

「いいな、黙ってついて来い！」

優奈は口元を手で覆《おお》いつつ、コクリと頷《うなず》いた。

連れて来られた先は、豪邸《ごうてい》とも呼べるお屋敷だった。蔓《つる》が絡んだ煉瓦《れんが》の壁が、暗闇の中でもちらりと見える。部屋の灯《あか》りがポツポツと灯ってはいるが、なんとなく不気味な雰囲気だ。

裏口から入り、長い廊下を進んで行く。辿り着いた先は執務室のようだった。灯《あか》りは机の上に角灯がぽつんと置いてあるだけで、月灯《あか》りが部屋を僅《わず》かに照らすばかり。

誰かが執務机の椅子に腰かけている。部屋が薄暗く、姿形はよく見えない。シルエットから、男性であるということだけわかった。

どんと背中を押され、優奈はつんのめるようにして部屋に入る。バタンと乱暴に扉が閉められ、執務机に座る人物と、二人きりとなった。今から何をされるのかと、不安から胸がバクバクと激しく鼓動を打ち始める。

「――お前が、菓子の魔法使いか？」

低く、しわがれた声で話しかけられる。声色からは、年齢などが読み取れない。

「レンドラーク伯爵領に、不思議な力を使って菓子を焼く魔法使いがいると聞いた」

元気になるパンケーキ、幸せになるスコーン、笑顔になれるビスケットなど、社交界で噂になっているると言う。

「おい、話を聞いているのか？」

脅《おど》すような声色で話す男を恐ろしく思い、優奈は両手に隠し持っていたアオローラをぎゅっと握ってしまった。手の中から『うぎゃ！』という声が聞こえたが、今はそれどころではない。

「た、確かに私は菓子職人ですが、不思議な力は使っていません。全ては薬草の効能と、食べた方本人の心の持ちようです」

続けて優奈は問いかける。猫耳亭ではお菓子の販売もしているのに、なぜ、自分を誘拐したのかと。しかし、男は答えなかった。

「あの、実際にお菓子を食べてもらえばわかりますが、私には――」

優奈の言葉は途中で遮《さえぎ》られる。

「女の心を射止める菓子を作れ」

「え？」

「作ったら、お前を解放してやろう」

不思議な力など持っていないという主張は、全く聞いてくれそうにない。上から目線の、あまりにも勝手で図々《ずうずう》しい命令に、優奈は唖然とした。

それから、ナイフで脅《おど》されて部屋を移動する。案内された部屋には世話係の侍女がいた。優奈と同じか年上くらいの、灰色の髪を後頭部で纏《まと》めた、紫色の目の美女である。しかし、無表情で愛想はない。優奈がいくら話しかけても、全く反応を示さなかった。

部屋に据えつけられた風呂に入り、その後、食事を振る舞われる。

前菜はフワフワのチーズスフレに、魚のゼリー寄せ。スープは根菜《こんさい》を濾《こ》してミルクと一緒に煮込んだもの。メインは牛肉のワイン煮込みで驚くほど柔らかい。

贅《ぜい》を尽くした料理ばかりであったが、侍女の監視と、誘拐されたストレスによって、ほとんど喉《のど》を通らなかった。代わりに、アオローラに食べてもらう。

夜も、侍女が優奈を監視していた。もちろん、安眠できるわけがない。

——翌朝。寝不足状態で一日が始まった。

部屋で朝食を済ませたあと、深緑のドレスを着せられて、厨房《ちゅうぼう》へと連れて行かれる。

「ここで、お菓子を作ってほしいそうです」

「あ、喋《しゃべ》った」

ずっと優奈を監視していたクールな侍女が、初めて言葉を発する。

「あの、私、誘拐されてここにいるんですけれど。どう思いますか？」

侍女はふいと顔を逸《そ》らして、無視をした。同情はしてくれないらしい。優奈は「はあ」と盛大な溜息を吐く。

『ユウナ、どうするの?』

アオローラが肩に止まりながら話しかけてくる。

「お菓子を作るしかないでしょう」

一夜明けたので、さすがにシュトラエルが異変に気づいているはずだ。あとは、向こうからの救助を期待するしかない。優奈は時間稼ぎに、お菓子を作ることにした。

厨房《ちゅうぼう》には牛乳、卵、小麦粉、バター、生クリームなど、材料がひと通り揃っていた。

泡立て器を手に取ると、アオローラが抗議する。

『ユウナ、あいつの命令に従うことないのに』

「でも、逃げられるとは思えないし」

移動距離を考えると、ここはヴィリバルトの領地からも遠く離れているに違いない。運良く脱出できたとしても、所持金がゼロなので帰る手段もなかった。

『だけど、女の心を射止めるお菓子って……』

優奈には、一つだけ心当たりがあった。

「うちのお店で一番人気だったお菓子なんだけど」

優奈は喋《しゃべ》りながら、調理を始める。周囲を見渡すと、調理器具が豊富に揃っていることに気づいた。ピカピカの調理机に、調理器具。それらを見ていると、心が躍《おど》る。やはり菓子職人は天職なのだと、改めて思う。ここで、ピンと閃《ひらめ》いた。優奈は背後にいた侍女を振り返り、一緒にお菓子作りをしようと誘う。

「わたくしも、ですか？」

「そう。手順を覚えておけば、私がいなくなったあと、あなたが作れるでしょう？」

どうにもならない現状の打開策は、この侍女が握っている。

——なんとかして、彼女から情報を集めよう。お菓子を作ったところで解放してもらえない可能性もあるし、助けを待っているだけでは、きっとダメだから。

優奈は心に秘めた目的を持って、侍女に笑顔で話しかける。

「どうですか？　お菓子作り、楽しいですよ？」

嫌がるかと思ったが、侍女はゆっくりとした足取りで近付き、優奈の隣に立った。ここで、改めて自己紹介する。

「私はユウナ・イトウといいます」

無視されるかもしれないと思ったが、ペコリと綺麗なお辞儀を見せたあと、侍女も自己紹介してくれた。

「わたくしの名は、イーリス・ノースモア、です」

「イーリスさん、よろしくね」

手を握って優奈は微笑みかけたが、依然としてイーリスは無表情である。

——な、難攻不落《なんこうふらく》かも……

さっそく心が折れかけたが、気を取り直して年齢を尋ねると、まさかの年下、十八歳だということが発覚した。落ち着いているからだろうが、かなり大人っぽいので驚く。

年下だとわかったので、幾分《いくぶん》かは話しかけやすくなった。

「イーリスさん、今日はね、マカロンというお菓子を作ろうかと思いまして」

「まかろん、ですか」

「はい！」

日本でも女性達の絶大な支持を得ているマカロン。これこそ『女性の心を射止めるお菓子』だと思った。

まず、材料を計量し、アーモンドプードルを篩《ふる》う。そこにココアパウダーを入れて保冷庫で冷やしておく。次に、卵白《らんぱく》にグラニュー糖を入れて、しっかり泡立てる。角《つの》が立つメレンゲが完成したら、冷やしていた粉を入れて、切るようにサックリと混ぜ合わせた。

作業のほとんどをイーリスにしてもらい、優奈はひたすら指示を出した。

「生地は混ざりきっていない状態でいったん止めてください。ここからは、ちょっと特別な混ぜ方をするんです」

マカロンの表面をツヤツヤに仕上げるための、大切な工程である。

「マカロナージュといって、メレンゲの泡を潰しながら混ぜるのですが――」

優奈は手本を見せた。生地をヘラで潰すようにぐいぐいと混ぜ、掬《すく》い上げて生地を返す。この作業をほど良い回数繰り返すのだ。何度か見せて、イーリスにヘラを渡す。

「……うん、お上手です」

イーリスは手先が器用で、優奈の教えたことがあっという間にできるようになった。優秀な生徒である。

完成した生地は絞り袋に入れて、油を塗った鉄板に絞っていく。その後、すぐに焼かずに一時間ほど乾燥させるのもコツだ。

待っている間に作るのは、マカロンの間に挟むクリーム。

「ガナッシュクリームっていって、口溶けがなめらかなチョコレートなんです」

作り方はそう難しくない。製菓《せいか》用のチョコレートを刻《きざ》み、沸騰前の生クリームの中に入れて、とろとろになるまで混ぜるだけ。

「お好みでブランデーとかも入れたらおいしいけれど」

「子爵はお酒が苦手なので」

ここで、謎の誘拐犯の個人情報を得ることに成功した。貴族だとは思っていたけれど、爵位は子爵だったのか。

――やった、情報ゲット！

喜びは顔に出さずに、優奈は無表情を装《よそお》って作業を進める。

「……なるほど。だったら、このままにしておきましょう」

ここで、マカロン生地の乾燥が完了する。温めたかまどで二分焼いて取り出し、温度を下げてさらに十五分加熱すると、ぷっくらツヤツヤのマカロンが焼き上がった。

粗熱《あらねつ》が取れたら、ガナッシュチョコレートを挟んで完成。

「イーリスさん、お一つどうぞ」

優奈は完成したばかりのショコラマカロンを差し出したが、子爵より先に食べるわけにはいかないと、彼女は首を横に振った。

「でも、失敗しているかもしれないでしょう？　毒味をしなきゃ」

そう言うと、イーリスは渋々、といった感じでマカロンを口に運んだ。

一口には入りきらず、半分だけ齧《かじ》る。

「——!!」

物憂《ものう》げなイーリスの目が、見開かれた。もぐもぐと食べ、呑み込んだあとには、頬が緩《ゆる》んでいる。

ここで、優奈は「やった！」と、内心ガッツポーズを取った。

やはり、マカロンは女性の心を掴《つか》んでやまないお菓子なのだ。

頬に手を当て、マカロンを食べる彼女の様子を見ていると悪い人のようには見えない。

——どうして、彼女は黙って誘拐に加担しているのかしら？

しばらく考えたが、わからなかった。


完成したマカロンとお茶を、子爵のもとへ運ぶ。優奈はドキドキしていた。

アオローラは肩に乗って、耳元で囁《ささや》く。

『ユウナ、大丈夫そう？』

「たぶん」

マカロンを渡したら、すぐに解放してもらえるはず。味には自信があった。

アオローラにはポケットの中に隠れてもらった。子爵に見つかると、魔法使いの使い魔だとか騒ぐ可能性がありそうだからだ。これ以上勘違いをされてはたまらない。

子爵の私室に到着する。イーリスが声をかけると、「入れ」という声が聞こえた。昨日の、誘拐犯の男と同じ声だった。扉の向こうにいた子爵は、迷惑そうな表情で、優奈を見ている。

座っているので背丈はわからないが、赤毛に青白い肌、窪《くぼ》んだ目にこけた頬——まるで、B級映画に出てくるドラキュラのような容姿だった。優奈は笑顔で、改めて自己紹介する。子爵はぷいっと顔を逸《そ》らした。

「これが、女の心を射止める菓子、なんだな？」

「はい、間違いないかと」

子爵は急にソワソワし出すと、ちらっとイーリスを見て、上ずった声で命じた。

「お、おい。イーリス。まず、お前が毒味してみろ」

その命令に、イーリスはクールな様子で返事をした。

「先ほど行いました。毒など、入っておりません」

「……は？」

「何か？」

しばし、見つめ合う主従。そこだけ時が止まっているようだった。沈黙を破ったのは、子爵であった。

「い、いや、これは女の心を射止める菓子なのだろう？」

「はい」

「お前の心はどこにある？」

「こちらに」

イーリスは自らの心臓の位置を指し示した。再度、見つめ合う主従。

ここで、優奈は気づいてしまった。子爵はきっとイーリスのことが好きなのだろう。だから女性の心を射止めるお菓子を作らせたのだ。

当然ながら、このマカロンにそんな力はない。

「おい!! これは、魔法の菓子ではないな!?」

「だから、私はそんなものは作れないと言っているでしょう？」

「嘘だ！ お前の領主の館《やかた》に行った女が、魔法の菓子を食べたと言っていたぞ！ 俺を侮《あなど》って手を抜いたんだろう？」

この発言で、噂の出どころも発覚した。

王都からの使者が領地視察に来た際に、優奈のお菓子を振る舞われたことを言っているのだろう。

「口の中で魔法のように溶けるおいしいメレンゲ焼き」などの噂が巡り巡って、いつの間にか「魔法のお菓子」になってしまったのだ。

「魔法の菓子を作るまでは絶対に解放せんぞ！ おい、誰か、こいつを部屋に戻せ！」

マカロン大作戦は失敗。優奈は再度、軟禁されてしまった。

夜。優奈は閉じ込められた部屋の窓から、雲がかかった暗い空を見上げていた。

領地では綺麗な星空と月が見えたのに、ここからだと月すら霞《かす》んでいるようだ。

『どうもここは工業地帯らしいよ。排ガスとかで、空気が淀《よど》んじゃっているみたい』

「そう」

早く、ヴィリバルトやシュトラエルのいる村に帰りたい。お客さんにもパンケーキを焼きたいのに。

やるせない気持ちが高まっていく。

ここは四階な上、露台《バルコニー》へは鍵がかかっていて出られない。全面ガラス張りの大きな扉は固く閉ざされたままで、脱出は不可能だった。

物憂《ものう》げに外の景色を眺めていたが、見えるのは鬱蒼《うっそう》とした森ばかり。土地勘のない優奈は、たとえ逃げることに成功しても、迷ってしまいそうだった。

はあ、ともう一度溜息を吐いていると、露台に一本の蔓《つる》が降りてくる。

優奈は目を擦り、もう一度露台を見た。すると、信じられないことが起きる。

蔓《つる》を伝って、誰かが降りて来たのだ。それは、金髪碧眼《へきがん》の、天使のような容貌の美青年で――

「ヴィリバルトさん！」

思わず名を口にすると、ヴィリバルトは自らの唇に人差し指を当てる。優奈はしまったと、口元を手で覆《おお》った。二人は同時に露台の扉へと近付き、ガラス越しに手と手を合わせる。

ヴィリバルトは目を潤《うる》ませ、ほっとした表情になった。優奈も同じである。

少し扉から離れてほしいと手で示され、二、三歩下がった。ヴィリバルトはしゃがみ込んで、何やらぶつぶつと囁《ささや》いているように見える。

ガラス扉の前に、緑色の魔法陣《まほうじん》が浮かんだかと思うと、そこから細い蔓《つる》が生えてきた。僅《わず》かな隙間から室内に侵入し、優奈の手元まで伸びてきて、釣《つ》り鐘《がね》状の花を咲かせる。

『――ユウナ、聞こえる？』

「はい」

それは、電話に似た機能の緑魔法らしかった。優奈は受話器のように花を持ち、花弁の中央に話しかける。

「ヴィリバルトさん……！」

『怖かっただろう。来るのが遅くなってすまなかった』

「いえ。アオローラがいたから、そこまで怖くなかったです」

『今すぐ助けたいんだけど、どこも厳重に鍵がかかっているし、ここには翼竜《よくりゅう》が降りられなくて……』

ヴィリバルトはこっそり屋敷内に忍び込み、屋根を伝ってやって来たのだと言う。

『ユウナは、壁上りは得意？』

「いえ、したことありませんが、きっとできないかと」

『だよね……わかった。明日、どうにかして、庭の噴水広場まで来てほしい。そこならば、翼竜《よくりゅう》も近づける』

できるかと聞かれ、優奈は頷《うなず》いた。

『私は上空で待機をしているから、準備ができたら、腕輪を空に掲《かか》げてほしい』

「この、水晶を？」

『そう』

ヴィリバルトはこの水晶の波導《はどう》を辿って、ここまでやって来たのだと話す。

『ユウナが無事で、本当に良かった……』

まだまだ話したいことはたくさんあったが、ゆっくりしている暇はなかった。

『ユウナ、また明日』

優奈は頷《うなず》く。魔法の花はふわりと消えて、甘い香りだけをその場に残した。

ヴィリバルトは額《ひたい》と手を、ガラスに近づける。優奈も同じ位置に、額《ひたい》と手を重ねた。ここで、お別れだ。

最後に視線を交わし、ヴィリバルトは蔓《つる》を伝って屋根に上って行った。

優奈は何事もなかったかのように、踵《きびす》を返す。

決戦は明日。優奈は気合を入れて、しっかりと睡眠を取ることにした。

◇◇◇

翌日も、優奈は厨房《ちゅうぼう》に連れて行かれた。イーリスは無表情で、昨日と同じことを繰り返す。

「本日も、女性の心を射止めるお菓子を作ってほしいそうです」

「そう」

ここで、優奈は勝負に出た。

「イーリスさんにだけ特別に教えますが、実は私は、薬草のお菓子の魔法使いなのです」

薬草を使ったお菓子でないと、不思議な力の宿ったお菓子は作れない。昨日は誘拐されたばかりだったので、薬草を使わせてほしいと言ったら怪しまれるのではと言い出せなかったのだと、ここぞとばかりに力説する。もちろん、子爵邸を脱出するための嘘だったが――がっしりと、いきなりイーリスに腕を掴《つか》まれ、優奈は目を見張った。どうしたのかと聞く前に、切羽《せっぱ》詰まった表情で話しかけられる。

「あの、子爵様を、助けてください！」

「え？」

イーリスは目を伏せ、暗い表情で語り出す。

「……以前は、お優しい御方だったのです」

子爵は二十四歳。結婚適齢期となったが、妻を迎えることができずに一人焦っていた。

「なぜ、結婚できなかったのですか？」

「その、子爵様は、大変な人見知りで」

ここの屋敷の主人は、アレックス・サンと言い、子爵位を持つ独身男性だという。

結婚適齢期の二十四歳であるが、引きこもりな上に人見知りな性格が災《わざわ》いして、嫁に来てくれる娘などいなかった。そんな中で、女性を虜《とりこ》にするお菓子を作る優奈の噂を聞きつける。噂の出どころのレンドラーク伯爵家にスパイを放ち、隙を見て拉致してきたというわけだった。

「な、なるほど」

「図々《ずうずう》しい願いであることは承知です。ですが、他に頼れる人もいないのです。どうか、お願いいたします」

優奈は困惑していた。それはお菓子でどうにかできる問題ではない。状況を打開するには、子爵自身が変わらなければならないだろう。

けれど優奈は瞼《まぶた》を閉じて、ゆっくりと頷《うなず》いた。

「助けることができるかはわかりませんが、少しだけ、子爵とお話をしてみます」

――ハーブをたっぷり使ったお菓子を作ろう。おいしいお菓子を食べたら、きっと心も軽くなるはず。

あなたの想い人も、あなたのことを心配している。それをわかってもらうために、子爵と話をしてみることにした。

イーリスに庭のハーブを分けてもらえないかと頼み込む。

「わかりました。道案内の女中を呼んで来ます」

「お願いします」

その後、ミリアという女中の案内で薬草園に向かった。

ここでも、ナイフを持った見張り番が付いて来る。鋭い目で優奈を睨《にら》んでいて、逃げる隙はなさそうだった。仕方がないので、真面目に薬草摘みをする。

子爵家の薬草畑はシュトラエルのものよりささやかな規模であったが、それでも三十種類ほどの草花が生えていた。庭師曰《いわ》く、子爵はハーブティーが大好きらしい。

ポケットからアオローラが顔を出す。それから、ボソボソと小さな声で話しかけてきた。

『ユウナ、子爵と腹を割って話をするんだって？』

「そう、腹を割って……あ！」

その言葉に、いい考えが浮かぶ。優奈は目の前にあったハーブをぷちりと摘《つ》んだ。

『あ、ユウナ、それって』

「いいもの見つけちゃった」

優奈は薬草園でとっておきのハーブを手に入れた。厨房《ちゅうぼう》に戻り、摘《つ》んだハーブを炒《い》って水分を飛ばす。

作ったのは、クッキー。完成したものを見下ろしながら、アオローラが問いかけてきた。

『ユウナ、本気でするの？』

「ええ、本気」

アオローラが心配そうに顔を覗《のぞ》き込む。優奈は悪戯《いたずら》を思いついた子どものような笑顔で、クッキーを見つめていた。

魔法のクッキーを作ったので、庭のテラスでお茶を飲もうと子爵を誘う。引きこもりだと聞いていたので、もしかしたら来ないかもと思いきや、子爵はのこのことやって来た。

暖かで穏やかな風がさらさらと流れている。鳥の囀《さえず》りが聞こえ、庭には美しい花々が咲き乱れていた。空は晴れ、のどかな風景が広がっている。

一方、子爵は太陽の下で、どんよりとした暗い雰囲気を振りまきながら座っていた。

秘密の話をしようと持ちかけて使用人は下がらせたので、ここにいるのは二人きりだ。

子爵は道端の虫を指すように、優奈のお菓子を指さす。

「おい、それには本当に、不思議な力があるのか？」

「はい。こちらは、動物と話せるクッキーなんです」

子爵は優奈の言葉を聞いて、優奈の顔とクッキーと、交互に訝《いぶか》しげな視線を向けていた。

子爵は怪しみながらも、黙ってクッキーを食べ始める。

「味は、まあ、普通の……うまい、クッキーだな」

「ええ、ですが――」

ここで、アオローラが飛んでくる。暖炉《だんろ》の灰を被《かぶ》り、その辺によくいる野鳥に擬態《ぎたい》していた。小首を傾《かし》げながら、子爵に話しかける。

『ピピピ、子爵サマ、コンニチハ』

「喋《しゃべ》った！　小鳥が、喋《しゃべ》ったぞ！」

アオローラの下手な芝居であったが、妖精のことを知らないいらしい子爵はすっかり騙《だま》されていた。

本物の魔法のクッキーだと、興奮した様子で叫んでいる。

それから、クッキーをどんどん食べていく。おいしかったのか、むすっとしていた口元が、僅《わず》かに孤《こ》を描《えが》いていた。優奈のお菓子は、不愛想な男も笑顔にしてしまうのだ。

「ああ、あんなにおいしそうに食べてくれて、なんだか罪悪感が」

『ユウナ、今更だよ』

子爵は優奈の言葉など気にせず、夢中でクッキーを食べている。

ところがしばらくすると、子爵に異変が起きた。腹を押さえて唸り出す。

「い、痛たたた！　腹が、痛い！　お、お前、な、何か、毒を仕込んだな⁉」

「少し、お願いを聞いてくれませんか？」

「こ、この状態で、何を、言っている！」

「お話を聞いてくれたら、その薬草が何かお教えしますので」

「クソが‼　脅《おど》しには屈しないぞ！」

子爵は優奈をジロリと睨《にら》んだ。

優奈は額《ひたい》を押さえ、眉間《みけん》に皺《しわ》を寄せながら呟いた。

「どうしよう、この反応はかなり想定外」

『ピピピ、ユウナ、どうするの？　ピピピ』

「う〜〜ん」

クッキーに仕込んだのは、もちろん毒などではない。腸を刺激する効果のある、ただのハーブだ。

出すまでは腹痛を感じるが、出してしまったら症状もすっきりと治まる。

予定では、腹痛を止める方法を教えるのを条件に、子爵と取引をするつもりだったのだ。そこで話し合いの場を設け、彼を諭《さと》そうと思っていたのだが。これが優奈の思いついた、『腹をハーブで割って話そう』作戦である。

我慢も限界になった子爵が、使用人に向かって叫んだ。

「許さんぞ。おい、誰ぞ、おい！」

使用人がバタバタと近付いて来る足音が聞こえる。

『ユ、ユウナ、ど、どうする？』

「逃げる！」

優奈は立ち上がり、隙を見て誰もいない方向へと逃げた。子爵が使用人に命令する。

「だ、誰か、あいつを捕まえろ!!」

後を追うのは、クールな侍女イーリスと、ナイフを持った執事。子爵も腹を押さえつつ追ってくる。

整えられた木々に、綺麗に刈られた芝、ふっくらした蕾《つぼみ》を付けた薔薇《ばら》の苗など、庭の景色は次から次へと変わっていく。その小道を、優奈はドレス姿で全力疾走していた。アオローラも一生懸命翼をはためかせ、並んで飛んでいる。

『ね、ねえ、ユウナ、逃げられると思っているの？』

「さ、さあ？」

作戦は大失敗だった。予想以上に、子爵は強情だったのだ。なんとかすると言った手前イーリスには悪いが、こうなったら逃げるほかない。

スカートの裾《すそ》を握り、優奈は子爵家の庭を駆け抜けた。追っ手はだんだんと増えていき、今や庭師や門番も加わっている。迷路のような庭をくるくると逃げ続けていた優奈は、ついにヴィリバルトとの打ち合わせ通り、噴水広場に辿り着くことに成功した。

優奈は花や草、土の匂いを含んだ空気をめいっぱい吸い込む。胸に手を当てて、息を整えた。

とりあえず、噴水の前に辿り着いたので、ひと安心である。が、ここで、子爵が追い付いた。

「――こ、ここまで、だ！」

子爵はお腹を押さえながら、優奈に宣言する。

「あ、あの、一度トイレに行かれては？」

「よ、よくも、毒を盛って、俺をこのような目に!!」

「いや、毒草ではなく、すっきり快便な薬草ですよ」

「う、うるさい!!」

ちょっと量が多かったか。ここまで効果があるとは優奈も思っていなかった。可哀想な生き物を見るような視線を向けると、子爵は激昂《げっこう》した。

「少し、痛い目を見ないと、わからないようだな！」

子爵は執事に、ナイフで脅《おど》せと命じた。主人の命令を受けて、ジリジリと近寄ってくる執事。優奈は水晶の腕輪を嵌めた左手を掲《かか》げ、ヴィリバルトの名を叫んだ。

すると、風が上空へと舞い上がる。

「な、なんだあれは!?」

使用人達が上空を指さした。空に浮かぶ黒い点は——

「翼竜《よくりゅう》だ！」

だんだんと近付いて来る竜を見て、優奈の眦《まなじり》に涙がじわりと浮かんだ。

やって来たのは、ヴィリバルトの美しい翼竜《よくりゅう》、スマラクトである。

「ユウナ!!」

竜に跨《また》がるヴィリバルトが優奈に向かって手を伸ばした。優奈はアオローラをポケットに入れて、両手を伸ばす。スマラクトが低空飛行の姿勢を取ったのを見て、ヴィリバルトは優奈の手を掴《つか》み、引き寄せた。

優奈の体はふわりと浮いて、竜の背に座らされる。

「な、なんだ、お前は!!」

「私はレンドラーク伯爵、ヴィリバルト。サン子爵よ、ユウナは返してもらう！」

「なっ！　お前、ふざける——うっ」

ここでついに我慢も限界になったようだが、それでも子爵は真っ赤な顔をしながら耐えている。

「……大丈夫かい？　どこか、具合でも？」

「う、うるさ～い!!」

子爵の様子に、ヴィリバルトは首を傾《かし》げていた。

優奈は放っておくことができず、ついつい助言をしてしまう。

「子爵様！　何事も、素直になれば上手くいきます。仕事も、人付き合いも、恋だって、自分の気持ちをどんどん伝えていったら、理想にぐっと近づくはずです！」

その言葉を受けて、子爵は叫ぶのを止めた。

悪い人ではないのだろう。不器用なだけで、きっと。優奈はそう直感していた。

「今度は、正式に招待してください。みんなが笑顔になれる、おいしいお菓子を、焼きますので」

優奈は子爵家の者達に手を振りながら、飛び立った。


風を受けて、ドレスの裾《すそ》がヒラヒラとひらめく。優奈はヴィリバルトに抱かれた状態で、竜に乗っていた。

「ヴィリバルトさん」

「ユウナ、無事で良かった……！」

ぎゅっと、腰を抱く腕に力がこもる。

「シュトラエルから話を聞いた時は、心臓が止まるかと思った」

「すみません、ご迷惑を」

「いいや、私も悪かった。まさか、屋敷に密偵《みってい》がいたとは思いもしなかったんだ……」

幸い、怪我はないし、ヴィリバルトが助けてくれた。気にしないでほしいと伝える。

「ユウナ……」

実を言えば、それどころではなかった。空を身一つの状態で飛ぶというのは、恐怖以外の何物でもない。

「やっぱり、竜に乗るのは怖い！」

「大丈夫だよ。慣れたら癖になるから」

「そんな……」

優奈にはまだ、景色を楽しむ余裕なんてなかった。

「それはそうと、子爵の様子がおかしかったけれど、あれはなんだったの？」

「強力な腹下しの効果がある薬草を、クッキーに入れて食べさせたんです」

白状すると、ヴィリバルトは笑い出した。

「子爵は何を焦っているのかと思ったら。酷《ひど》いな、ユウナは。最高だ」

優奈も子爵の様子を思い出すと、つい笑ってしまった。

二人はしばらく笑いながら、空を飛ぶことになった。


後日、優奈とヴィリバルトに、子爵家から正式な謝罪があった。プライドが高いであろう子爵が、誠心誠意謝ってきたのだ。その様子を見て、優奈達は謝罪を受け入れた。

そこから子爵家との交流が始まり、やがて結婚式の招待状が届いた。

新郎はもちろん子爵。新婦には、なんとイリーナの名前があった。

二人の縁を繋《つな》いだのは、優奈がイリーナに教えたマカロンである。

可愛らしい外見に、上品な甘さのあるお菓子は、偏屈者《へんくつもの》の子爵の心を射止めた『恋する魔法のお菓子』だと社交界を賑《にぎ》わせた。

こうして子爵領の名物となったマカロンが、瞬《また》く間に人気のお菓子となるのは、もう少し先のお話――

最終章　ようこそ、猫耳亭へ！

食事会の日から、早くも一週間が経《た》っていた。

本日も元気に、喫茶店猫耳亭は開店する。「蜂蜜樹《メルツリー》シロップがけのパンケーキがものすごくおいしい」という評判を聞きつけて、今では村を訪れる商人や隣町の住人もやって来るようになった。

カウンター席まで全て埋まっている状態で、店内は満員御礼《まんいんおんれい》。

「トマスさん、こちら、三番テーブルに」

「わかった」

「アリア、かまどの中のパンケーキ、お願い」

「はあい」

最近はトマスとアリアの手伝いが欠かせない。トマスは意外にも、自主的に店の手伝いをしてくれるようになった。心境の変化をシュトラエルと共に喜んでいる。

アリアに関しては、小熊堂のお菓子作りに優奈が手を貸すことになったので、相互扶助の関係だ。

だが、そんな忙しい中でも、気になることはある。

マリアベリーは体調が整わないらしく、あれからまだ店に顔を出していないのだ。

代わりにヴィリバルトが訪れて、マリアベリーの近況を教えてくれる。

昨日、少しだけ熱を出し、屋敷で療養しているとのこと。しかし現在は、快方に向かっているそうだ。

「もうすっかり元気だから、ユウナのお店に行きたいって駄々をこねて……」

「でしたら、何かお菓子を作りましょうか？」

「いいの？」

「はい。お見舞いということで」

パンケーキとハーブティーを淹《い》れてから準備をするので、一時間ほどかかる旨《むね》を伝える。

「あとでお届けしましょうか？」

「大丈夫だよ。今日の仕事は終わらせてきたから」

「良かったです。太陽が沈む前には完成させますね」

「ありがとう」

閉店間際で優奈しかいない店内。ヴィリバルトは嬉しそうに接近してくる。

カウンター越しに覗《のぞ》き込むと、嬉しそうに名前を呼んだ。

「ユウナ」

「なんですか？」

「呼んでみただけ」

優奈は一度だけ微笑みを向け、ハーブティーを淹《い》れる手元へ視線を戻す。

あれから二人は、特に触れ合うこともなく、今まで通りに過ごしていた。

これからどうなるのか、どうするのかも考えていない。

それは、ヴィリバルトも同様だろう。今は一緒にいるだけで幸せだった。だが、この先はそうもいかない。

ヴィリバルトは領主で、優奈は現状、国籍もないただの領民。

また、たとえベルバッハ公爵家との血縁が認められたとしても、優奈にこの村を出るつもりはなかった。二人の人生が交わることは、きっとない。その辺はきちんとわきまえていた。

かつて、自分が菓子職人として日本で大成できなかったように、好きだけではどうにもならないことがあるというのを優奈はよくわかっていた。

大丈夫。時間が解決してくれる。ヴィリバルトについても、そう考えているのだ。

パンケーキとハーブティーを運んでいく。

ヴィリバルトはフワフワ仕立てのパンケーキを一口食べて、幸せそうに目を細めていた。

この時間が永遠に続けばいいのにと思う。

だが、うっとりと眺めている暇はない。マリアベリーのお菓子を作らなければならなかった。

本日は『バーチ・ディ・ダーマ』という、アーモンド風味のクッキーを作る。

ボウルに小麦粉と砂糖、アーモンドパウダーを入れ、溶かしバターを加えて混ぜた。

生地が纏《まと》まったら、保冷庫で三十分ほど寝かせる。

その間、優奈は皿を洗いつつ、ヴィリバルトとの会話を楽しんだ。

三十分後――寝かし終わった生地を取り出すと、棒状にしてナイフで一口大に切り分ける。

それを丸めて、鉄板に並べて十五分ほど焼く。

「え、まだ作業があるの？」

かまどに鉄板を入れて終わりかと思いきや、優奈は板チョコを取り出して銀紙を捲《めく》っていた。

「中にチョコレートを入れるのですよ」

「ふうん、手が込んでいるねえ」

ここの世界のチョコレートは日本で売っていた物よりも甘く、ボソボソしている。

なので、テンパリング――温度調節が必要だった。それをするかしないかで、口溶けのなめらかさが格段に変わるのだ。チョコレートを刻《きざ》み、湯せんで溶かす。

本来ならば温度計で細かく温度を測りながら混ぜるのだが、ここにはないので菓子職人時代の経験と勘で混ぜた。

チョコレートに艶《つや》ができて、なめらかになったら完成。ここで、クッキーが焼き上がった。ドーム状に焼けた生地にチョコレートを塗り、二枚重ねて円形にする。

「そういう形になるんだ」

「可愛いでしょう？」

「うん、可愛い」

チョコレートの挟まった、コロリとしたクッキー、それが『バーチ・ディ・ダーマ』なのだ。

優奈はできたての『バーチ・ディ・ダーマ』を、味見と称してヴィリバルトに差し出す。

「ユウナ、バーチ・ディ・ダーマってどういう意味なの？　ちょっと不思議な響きだね」

聞かれた瞬間、頬を染めて顔を伏せる優奈。

「ユウナ？」

「あ、ごめんなさい。『バーチ・ディ・ダーマ』は、貴婦人の口付け、という意味です」

「なるほどねえ」

ヴィリバルトは笑みを深め、パクリと『バーチ・ディ・ダーマ』を食べた。

「ユウナの『バーチ・ディ・ダーマ』は、甘くておいしいね」

「そ、そういうことを言いそうだから、教えたくなかったんですよ」

その反応に、ヴィリバルトはぷっと噴き出した。

「やっぱりユウナは可愛いなあ」

「可愛くないです！」

むくれる優奈。ついでに、大人の女性に可愛いはからかう言葉だと、指摘をしておいた。

「それはユウナのいた国の常識でしょう？　ここでは年齢とか性別とか関係なく、可愛いものは可愛いって言うんだよ」

「まあ、そうですね。ヴィリバルトさんも、可愛いですから」

「え、私も!?」

今度はヴィリバルトが、自分は可愛くないと主張し出す。

「可愛いとか嘘だ。嘘って言ってよ、ユウナ」

「嘘じゃないですよ」

頭を抱え、がっくりと肩を落とすヴィリバルト。

「いったい、どこが可愛いって言うんだ」

「なんでしょう？　私を見つけると一生懸命走って来るところとか？」

「……犬みたいだね、それ」

「手を握って、嬉しそうに話しかけてくる様子とか」

「……うん、犬だ」

途端に、微妙な表情になるヴィリバルト。優奈は面白くてたまらなくなった。ひとしきり笑ったあとで、ここの国に来られて良かったと言う。

「可愛いに、年齢とか性別とか、関係ないですからね」

「まさか、その言葉がそのまま自分に返ってくるとは」

優奈は『バーチ・ディ・ダーマ』を包み、ヴィリバルトに託した。

「どうか、よろしくお願いいたします」

「うん、渡しておくね」

別れの時。太陽は沈んでいき、空の茜色《あかねいろ》は夜闇に染まっていく。夜はもうすぐそこまで迫っていたのだ。優奈はヴィリバルトを、薬草園の入り口付近まで見送った。

「ユウナ、今日は楽しかったよ」

そう呟いて、優奈の水晶にキスをした。じわりと、手首が温かくなり、全身に魔力が行き渡る。

すっかり異世界に馴染《なじ》んだ優奈にはもう必要のない行為だったが、彼はこうして会うたびに魔力を分けてくれるのだ。

「あの、ヴィリバルトさん……」

「何？」

「頬に、キスをしてもいいですか？」

「バーチ・ディ・ダーマ？」

貴婦人の口付けかと聞かれ、優奈は照れつつも頷《うなず》いた。ヴィリバルトは瞼《まぶた》を閉じ、頬を向ける。

優奈は一瞬のためらいのあと、そっと頬にキスをした。

「じゃ、お返しに私からも」

「え!?」

「いや？」

すぐに首を横に振った。恥ずかしくなった優奈は瞼《まぶた》を閉じ、じっと待つ。

すると、肩に手を置かれ、きゅっと結んだ口に唇が押し当てられた。

口にキスをされるとは思っていなかった。驚くのと同時に、じんわりと幸せな気分になった。

◇◇◇

今日も優奈はせっせと働く。パンケーキを作り、ハーブティーを入れ、暇を見て店内の様子を眺める。

皆、おいしそうにパンケーキを頬張り、ハーブティーを飲んでいた。

優奈の長年夢見た店が、ここにはあった。

閉店後は店の掃除をして、アリアの店に行ってお菓子作りを手伝い、店の持ち帰り用のお菓子を作る。

そして店休日の今日、優奈は朝から張り切って店の掃除をしていた。

テーブルに、抗菌効果などがあるラベンダーとマジョラム、蜜蝋《みつろう》で作ったワックスを塗り込む。

ひと仕事終えた優奈はシュトラエルを見つけ、笑顔で言った。

「シュトラエルさんの部屋の机もワックスをかけておきますね」

「ああ、ユウナ、ありがとうね」

たったと元気良く二階に上がっていく優奈を見上げながら、シュトラエルは呟いた。

「……ありゃ、ダメだね」


午後からシュトラエルは、優奈と共に薬草園に向かう。若い芽の間引《まび》きに、木の剪定《せんてい》、肥料を与えるなど、さまざまな仕事をこなす。途中、休憩を挟むことにした。

優奈の作ったパウンドケーキと、ハーブティーを囲んで、薬草園でお茶会である。

乾燥果物やナッツをたっぷりと入れたパウンドケーキは、シロップを塗って二週間ほど熟成させた物だ。パウンドケーキは寝かせるとおいしくなる。イギリスのクリスマスケーキなどは、一年寝かせて熟成させる家庭もあるほどだ。

優奈とシュトラエルは、薬草園の景色を眺めながらパウンドケーキを食べる。

乾燥果物の甘味がじわじわ溶けこんだ生地は、しっとりなめらか。香り高く、時間と手間のかかるケーキは、忙しい日本の生活ではなかなか口にできる物ではなかった。

シュトラエルもおいしいと大絶賛してくれる。そのうち、店の持ち帰り用にも出せたらいいなと考えた。ハーブティーを飲んで、ホッとひと息。

「ユウナ」

「はい？」

いつになく真剣な表情で、シュトラエルに話しかけられる。じっと顔を見ていたら、予想外の質問が飛んできた。

「最近、特に頑張っているようだけど、何か悩み事でもあるのかい？」

瞬間、口に含んでいたハーブティーで噎《む》せそうになった。軽く咳き込んで、息を整える。

「な、なんで……？」

「ユウナが、何かを忘れるために、働いているように見えてねえ」

このままの生活をしていたら、また魔力切れになって倒れてしまうよと釘を刺される。

「まあ、店の状況を見たら、ユウナが頑張ってしまうのも仕方がない」

そうなのだ。今、店はとても忙しい。最近では、社交シーズンを終えた貴族が田舎《いなか》に戻って来ているのだが、優奈の店の噂を聞きつけ、わざわざ遠くからも訪れていた。

「人を雇おう。それで、ユウナの負担は減る」

「はい、そう、ですね」

雇用人を満足させるだけの賃金が払えるか不安であったが、そのほうがいいと優奈も思った。

「シュトラエルさん、ありがとうございます」

「いいんだよ。それで、悩みはなんなんだい？」

傍から見れば異変など感じないが、シュトラエルは優奈の表情の、ふと浮かべる僅《わず》かな翳《かげ》りに気づいていたのだと言う。

「私は――」

それ以上言葉が出なくなる。自分は実は公爵家の娘で、しかも、ヴィリバルトと恋仲にある。特に出生については、信じてもらえないかもという思いが、僅《わず》かにあった。

けれど、そっと背中を撫《な》でられ、諭《さと》される。

「自分の中に、不安を溜め込むんじゃないよ。気分が悪くなってしまう。口に出したら、きっとすっきりするから」

「シュトラエルさん」

その言葉に背中を押され、優奈はついに秘めていた真実を告げることにした。

「実は、私は、ベルバッハ公爵家の娘で……」

「なるほどねえ」

シュトラエルは、あまり驚いた様子を見せなかった。意外に思い、なぜかと問いかける。

「ユウナ、自分で気づいていなかったんだねえ。公爵夫人が来るたびにそわそわして、話しかけられたら顔を真っ赤にしつつ涙目になって、帰ったあともフワフワ浮かれたようになって」

「そ、そうだったんですね」

こっくりと、深く頷《うなず》くシュトラエル。

「ずっと、もしかしたらと思っていたんだ」

シュトラエルは優奈の背中をバンと叩いた。

「良かったじゃないか。これで、シュトラエルの坊ちゃんとの身分の壁も解消される」

「え!?」

「それも悩んでいたのだろう？」

途端に、顔が真っ赤になる優奈。そこまでお見通しだったとはと、恥ずかしくなる。

「あの子もたぶん、ずっと悩んでいたんだろう。本当の公爵家の子どもじゃないのに、特別扱いで爵位を継げるように取り計らってもらって……。だからこの村の領主として定住することになったのは、かえっていいことだったのさ」

シュトラエルは優しい声で囁《ささや》く。それに、優奈がヴィリバルトと公爵家を本当に繋《つな》げる存在になるからね、と。

「でも、私が公爵家の人間であるという証拠はどこにもなくて――」

「大丈夫。きっとわかってくれるさ」

「はい、ありがとう、ございます」

もうこうなったら、当たって砕けるしかない。優奈は開き直った。

マリアベリーは快復しつつあると聞いている。ならば、店に招待してみよう。

午後から優奈は手紙を認《したた》め、夕方、やって来たヴィリバルトへと託す。

返事は、翌日届いた。


半月ぶりとなる再会が待ち遠しく、早めに閉店の看板を出す。

優奈は玄関先で、マリアベリーを待った。

ふと、遠くに二つの人影が見える。

「ユウナさん！」

「あ、うわ、姉さん、走らないで!!」

優奈を見つけた途端、嬉しそうに駆けてくるマリアベリー。ヴィリバルトは慌てて後を追ってきた。優奈は二人共そっくりだと噴き出しそうになりながら、自身も走って迎えに行った。

「お久しぶりね、ユウナさん。ずっと、会いたかったの」

「私もです」

手を取り合って、再会を喜ぶ二人。もう何年も会っていなかったかのような様子に、ヴィリバルトはぷっと噴き出した。

「ヴィリー、今、どうして笑ったの⁉」

「だって、子どもみたいにはしゃいでいるから」

「なんですって⁉」

親子のやりとりを見て、今度は優奈が笑い出す。

「あら、ユウナさんまで」

「す、すみません、お二人共、なんだかそっくりで、やっぱり親子なんだなって」

そう言うと、複雑そうな顔をするヴィリバルトに、ニコニコと笑みを深めるマリアベリー。

「ヴィリーの天真爛漫《てんしんらんまん》なところは、私にそっくりなのよ」

「姉さん、自分で天真爛漫《てんしんらんまん》って」

「あら、いいじゃない」

二人のやりとりを、優奈は羨《うらや》ましく思いながら眺める。

血の繋《つな》がりはなくとも、確かに本当の親子に見えたのだ。ふと冷たい夜風が流れていたのに気づき、店の中へと案内した。マリアベリーが椅子に座るのを確認すると、ヴィリバルトは店を出ようとする。それを、優奈は引き留めた。

「ユウナ、今日は姉さんと話をするんだろう？」

「迷惑でなければ、ヴィリバルトさんも、一緒に聞いてください。お願いします」

「……わかった」

今日はとっておきのメニューを準備した。

昔、『ねこのお菓子屋さん』の絵本で見た、お菓子やお茶を再現したのだ。

元気になれるレモンバームティーに、バナナとナッツのケーキ、シナモンの利いたフロランタン、ベリータルトに、ローズマリーのマフィン、カモミールのスコーン。口直しにはキュウリと卵、二種のサンドイッチ。三段のスイーツスタンドに載せたそれらは、絵本で見た挿絵《さしえ》と全て同じ。

マリアベリーが喜んでいる様子を見て、自己満足ではなかったと安堵《あんど》する。

二人は互いの近況を話すことから始めた。笑いの絶えない、楽しい時間だった。

「ああ、そういえば。ユウナさん、私に話があるのよね？」

とうとう、この時が来てしまった。優奈は額《ひたい》に汗が滲《にじ》むのを感じる。膝の上にあった手を強く握り締めていると、そこにそっと指先が重ねられた。ヴィリバルトの手だ。思わず顔を見たら、コクリと頷《うなず》いてくれた。優奈はその瞬間、腹を括《くく》った。

じっとマリアベリーを見つめ、告白する。

「――あの、私は、二十三年前に異世界へ飛ばされた、マリアベリーさんの、子どもなんです」

マリアベリーは大きな瞳をパチパチと瞬《しばた》かせ――ポロリと、大粒の涙を零《こぼ》した。

優奈はぎょっとなり、それからおろおろとうろたえてしまう。

「あ、あの、私……突然、こんなことを言ってしまって……。もちろん冗談ではありませんが、証拠もないし……その、ごめんなさい、忘れてください……」

「い、いいえ、違う、違うの」

ふるふると、首を横に振るマリアベリー。

「私、ひと目見た時から、あなたがいなくなった娘なんじゃないかって思ってたの」

「――え？」

「でも、言えなかった。娘のことを諦めきれない私が、都合の良い妄想をしているだけかもしれないと思ったから」

「なんだ、二人共同じことを考えていたのに、お互い言えなかったってわけ？」

ヴィリバルトの言葉に、優奈とマリアベリーは同時にコクリと頷《うなず》いた。

「……ユウナさん、勇気を出して言ってくれて、ありがとう」

ぶんぶんと首を左右に振る。感極まって、言葉にならなかった。

やはり、マリアベリーは優奈の母親だったのだ。受け入れてもらえて、こんなに嬉しいことはない。

熱くなっていた瞼《まぶた》を瞬《しばた》かせると、涙がポロリと溢《あふ》れ出た。喜びの涙である。

「抱き締めても、いいかしら」

「はい、私も、抱き締めたいです」

二人は見つめ合い、頷《うなず》く。マリアベリーは優奈を優しく抱擁《ほうよう》する。優奈も彼女の背中に腕を回し、しっかりと抱き返した。

こうして、離れ離れになっていた母娘は、二十三年ぶりの再会を果たしたのだ。

その様子を、ヴィリバルトは嬉しそうに見守っていた。

母親と再会を果たした優奈であったが、だからといって暮らしが大きく変わることはない。

それを望んでいないからだ。

今日も、村の小高い丘にある草原にヴィリバルトと出かけ、手作りのお菓子とハーブティーを飲みながら、村ののどかな景色を楽しんでいる。

静かな時間を過ごす中で、ヴィリバルトがぽつりと呟くように話し始めた。

「最近、父さんと手紙を交わすようになったんだ」

ベルバッハ公爵。厳格で、気難しい人物で、ヴィリバルトがずっと苦手に思っていた人物。

彼は、ユウナの父親でもある。

「でも、振り返って考えてみたら、父さんはいろいろ手を尽くしてくれていて――」

家を出て行くヴィリバルトが、レンドラーク伯爵領を継げるように手配を整えたり、夫人の療養に賛成したりと、不器用な愛を示してくれていたのだ。

「もしかしたら、レンドラーク領を継げるように、絶縁してくれたのかなって。想像だけどね。今思えば、私が一方的に苦手意識を抱いて、壁を作っていたんだ」

だから、それを取り払い、手紙を交わすことから始めたという。

「ユウナにも会いたいって言ってるよ」

「お父さん……私も会いたいです。でも、どんな反応をされるのか怖いんですよね」

「だったら、一緒に会いに行こう」

手と手を握って約束を交わす。

「父がいて、母がいて、ヴィリバルトさんがいる。私って、贅沢者《ぜいたくもの》ですね」

その発言に、ヴィリバルトは目を丸くした。

「なんですか？」

「いや、ユウナってさ、無欲だなって」

「そんなことないです。欲張りですよ」

だって、女神に願いを三つも叶えてもらったのだからと答える。

「そういえば、ユウナって女神様に何を願ったの？」

ずっと疑問に思っていたけれど、なんとなく聞けなかったとヴィリバルトは言う。

今までの歴史の中で、異世界人はさまざまな力を得て、この世界へとやって来た。

一人は、聖剣を手に、偉大なる力と共に、勇者として降臨した。

一人は、聖なる力を手に入れ、たくさんの者達を癒《いや》し、聖女として降り立った。

一人は、大いなる知識と、尽きることのない財で、新たな文明を築いた。

一方の優奈は、彼らと比べて偉大なる祝福を受けているようには見えない。

「ユウナは普通の人に見えるから、いったい何を願ったのかなと不思議に思っていて」

「知りたいですか？」

「知りたい」

優奈は意味ありげに微笑み、どうしようかともったいぶる様子を見せた。

「気になるよ、ユウナ。教えて！」

ヴィリバルトは優奈の両肩を掴《つか》んで懇願する。勢いがつき過ぎて、二人揃って草むらに倒れ込んでしまった。

「きゃあ！」

「うわっ！」

優奈に覆《おお》い被《かぶ》さる形になったヴィリバルトは、慌てて身を起こす。

「ご、ごめん、ユウナ！」

手を差し伸べたが、優奈は起き上がろうとしない。口元を押さえ、肩を揺らしながら、笑っていたのだ。それを見て、ヴィリバルトは優奈の隣に寝転がる。

二人揃って、青空を見上げた。

空は晴れ渡っている。雲は流れ、穏やかな風が吹く。さわさわと草は揺れ、鳥の美しい囀《さえず》りが聞こえる。

これこそ、優奈が欲しくてたまらないものだった。

草むらの上をくるりと転がり、ヴィリバルトに接近する。そして耳元で、女神に叶えてもらった三つの願いを口にした。

一つ目は、自然が豊かなところで暮らしたい。

二つ目は、お菓子を作れる環境に在りたい。

三つ目は、自らの能力が、誰かの助けになる場所に行きたい。

「女神様は、全て叶えてくださいました」

「……うん、ユウナ？」

「はい？」

「それって、女神に願わなくても、自力で叶えることもできるよね？」

「はい、だから欲張りなお願いなんですよ」

当時の優奈はくたくたに疲れていて、何かをやってみようという気持ちが尽きていたのだ。けれど疲れているからといって、自分でやるべきことを他人に肩代わりしてもらおうと思うのは、やっぱり欲張りな考えだろう。

「そっか……。ユウナみたいな異世界人もいるんだね」

「たくさんいると思いますよ。そういう人は、歴史に残らないだけで」

「ああ、そうだったね」

ヴィリバルトは優奈の体を抱き寄せる。

「君に野望がなくて良かった。そのおかげで、私はユウナに出会えた」

「はい」

返事をして、ヴィリバルトに頬を寄せる。体温を感じると、心からホッとするのだ。今度は、ヴィリバルトが優奈に耳打ちをする。

「ねえ、ユウナ、キスがしたい」

その声色は甘く、加えて囁《ささや》かれた内容も内容だったので、優奈は頬を染めた。

潤《うる》んだ目でヴィリバルトを見ながら答える。

「私も」

その瞬間、ヴィリバルトは優奈の体に覆《おお》い被《かぶ》さった。

周囲に人がいないのをいいことに、うっとりとした顔で、優奈を見下ろす。

その様子を見た優奈は、内心焦っていた。

小鳥の啄《ついば》みのような、軽いキスをされるものだと思い込んでいたのだ。

今のヴィリバルトは、猛禽類《もうきんるい》のような目付きをしている。

「あ、あの、こういうのは、誰もいないところで……」

「大丈夫。ここは誰も通らないから」

「で、でも、わかりませんよ」

「平気、平気」

接近するヴィリバルトの顔を、優奈は寸前で避けた。

「ユウナ……？」

「ま、待ってください、ちょっと、心の準備を」

「今まで、たくさん待った。ユウナの無意識であろう酷《ひど》い煽りも、全部我慢した。もう待てない。

心配しないで、ここではキスしかしないから」

「～～!!」

今度は避けられないようにと、ヴィリバルトは両手で優奈の頬を包み込む。

すっと目を細め、自らの唇をぺろりと舐《な》める様子は、肉食獣そのものだ。

もう逃げられないと、優奈は諦めて脱力する。

「もう、好きにしてください」

さながら、逃げることを放棄した草食獣のように、優奈は瞼《まぶた》をそっと閉じる。

じっと待っていたら、やわらかなものが唇に押し当てられた。

ヴィリバルトは思いの外、優しいキスをする。

恋人達の、甘い時間が過ぎていく。

◇◇◇

喫茶店、猫耳亭は相変わらずの大繁盛《はんじょう》。

蜂蜜樹《メルツリー》シロップがけのパンケーキは、村の名物となりつつある。

前より忙しい生活のはずだが、シュトラエルは若返ったともっぱらの評判だ。

毛並みは良くなり、尻尾もピンと伸びている。喫茶店経営は、やはり彼女の生きがいだったようだ。

トマスは、この村で新たな居場所を見つけた。祖母シュトラエルとの仲は相変わらず。喧嘩は彼らなりのコミュニケーションなのだ。最近は店に出入りするアリアとよく口喧嘩をしている。

喧嘩するほど仲がいいのだと、優奈は思っている。

アオローラは、変わらずマイペース。最近、丸くなったのではと優奈に指摘され、村中を飛び回るダイエットを始めた。急に見かけるようになった白い鳥を、村人はいつしか幸せの鳥と呼ぶようになった。

マリアベリーは、この村で暮らすことを決意したそうだ。王都にいる公爵が密《ひそ》かに寂しがっていることなど、彼女は知る由《よし》もない。今は、愛娘《まなむすめ》である優奈と過ごす時間が、一番の幸せだという。

最近はお菓子作りにもハマりつつある。息子を味見役にして、おいしくできたものだけを優奈に持って行く日々だ。体調も良くなり、すっかり健康体になっていた。

村の澄んだ空気に加え、娘が戻ってきたことが何よりの薬だったのだろう。

優奈はヴィリバルトの勧めで、父公爵と文通を始めた。忙しい人らしく、なかなか会いにくる機会が作れないでいるようだが、優奈もしばらくはこの村を離れるつもりはなかった。

ヴィリバルトの話では怖い人だと聞いていたが、手紙の中の公爵は優しい人だった。

けれど、次々と届く贈り物攻撃には困惑している。

マリアベリーも困った顔をしつつ、二十三年分の誕生日の贈り物だろうと、夫をフォローしていた。そして優奈は、今日も喫茶店猫耳亭のカウンターに立ち、パンケーキを作り、ハーブティーを淹《い》れる。忙しいけれど、お客様が店で寛《くつろ》ぎ、パンケーキをおいしそうに頬張る姿を見ていると、疲れが吹き飛ぶのだ。


こうして、優奈は幸せに過ごしている。

満たされた日々は、この先もずっと続いていくのだった。

江本マシメサ（えもとましめさ）
長崎県出身。2012年9月から執筆を開始し、WEBにて発表。2015年8月「北欧貴族と猛禽妻の雪国狩り暮らし」（宝島社）でデビューに至る。

イラスト：仁藤あかね

薬草園《やくそうえん》で喫茶店《きっさてん》を開《ひら》きます！

江本マシメサ（えもとましめさ）

2017年 8月 3日初版発行

編集－仲村生葉・羽藤瞳
編集長－塙綾子
発行者－梶本雄介
発行所－株式会社アルファポリス
〒150-6005東京都渋谷区恵比寿4-20-3 恵比寿ｶﾞｰﾃﾞﾝﾌﾟﾚｲｽﾀﾜｰ5F
TEL 03-6277-1601（営業）　03-6277-1602（編集）
URL http://www.alphapolis.co.jp/
発売元－株式会社星雲社
〒112-0005東京都文京区水道1-3-30
TEL 03-3868-3275
装丁・本文イラスト－仁藤あかね
装丁デザイン－ansyyqdesign
印刷－大日本印刷株式会社

価格はカバーに表示されてあります。
落丁乱丁の場合はアルファポリスまでご連絡ください。
送料は小社負担でお取り替えします。

ISBN978-4-434-23584-9 C0093